Hóspede Secreto

MIGUEL SANCHES NETO

Hóspede Secreto

Contos

EDITORA RECORD
RIO DE JANEIRO • SÃO PAULO
2003

CIP-Brasil. Catalogação-na-fonte
Sindicato Nacional dos Editores de Livros, RJ.

S192h
Sanches Neto, Miguel, 1965-
  Hóspede secreto / Miguel Sanches Neto. – Rio de Janeiro: Record, 2003.

  ISBN 85-01-06733-4

  1. Conto brasileiro. I. Título.

03-1497
CDD – 869.93
CDU – 821.134.3(81)-3

Copyright © 2003 by Miguel Sanches Neto

Capa: Victor Burton

Direitos exclusivos desta edição reservados pela
DISTRIBUIDORA RECORD DE SERVIÇOS DE IMPRENSA S.A.
Rua Argentina 171 – Rio de Janeiro, RJ – 20921-380 – Tel.: 2585-2000

Impresso no Brasil

ISBN 85-01-06733-4

PEDIDOS PELO REEMBOLSO POSTAL
Caixa Postal 23.052
Rio de Janeiro, RJ – 20922-970

Sumário

O herdeiro 9

Caça às lagartas 21

Vermelho envelhecido 39

Olhos azuis 47

Quando a porta se abre 51

O bom filho 57

As xícaras 69

Dias de chuva 79

Cabeleira 87

Sabor 91

Hóspede secreto 107

Noções básicas 119

No centro de algo 123

Ao corpo do livro que ganhou o Concurso Cruz e Sousa de 2002 foram acrescentados seis novos contos: "Vermelho envelhecido", "Olhos azuis", "As xícaras", "Dias de chuva", "Sabor" e "Noções básicas". Na época em que organizei a primeira versão desta coletânea, eles ainda não estavam totalmente finalizados. Não são peças soltas por terem sido escritas sob o mesmo impacto criativo e acredito que se aproximam muito da música que há nos outros textos, trazendo uma ou outra nota dissonante. E isso me agrada.

Tive a sorte de contar com um grande número de leitores especiais. Gostaria de agradecer a todos dedicando este volume a Luciana Villas-Boas, que foi quem primeiro o leu.

O HERDEIRO

O avião pousou na pista irregular, uma esplanada vermelha que servia também como campo de futebol e ponto de parada para os circos. O piloto nem desceu. Deixou-me, deu a volta e decolou. As hélices fizeram uma imensa nuvem de poeira que envolveu tudo. Quando pude enxergar novamente, o avião já tinha desaparecido atrás das montanhas, restando apenas seu rastro sonoro.

Fui caminhando até o velho casarão da minha infância. A cidade já era pequena, um pouco maior do que agora, mas contava com algumas ruas calçadas e com casas novas, de madeira. Encontrei a valeta de erosão cortando a rua principal. Na época ela tinha apenas um metro de fundura, mas não havia a ponte de concreto. A gente a cruzava sobre uma velha ponte de madeira, improvisada. Era a mesma erosão de minha infância, vista trinta anos depois, mas muito mais assustadora. Tudo tão conhecido e desconhecido. Por isso eu caminhava lentamente, tentando me acostumar. Só tinha uma certeza: iria tomar conta das terras de meu pai.

A casa da fazenda era a mesma de outrora. Ficava a uns mil metros da igreja. No fundo, o pai construíra um curral, onde, antigamente, pela manhã, se tirava o leite das vacas. A casa e o curral são ligados à cidade e à fazenda — a maior da redondeza. Uma vez tentaram construir uma estrada de ferro que passaria por Peabiru, em direção à capital, mas o pai fez um movimento contra, alegando que isso só traria aventureiros.

Em casa, encontrei apenas a velha cozinheira que, reconhecendo no homem de hoje o menino que ninara, me abraçou chorando.

Era um santo homem, não podia ter morrido assim.

Já me conformei. Agora é preciso preparar o velório.

Vai ser aqui mesmo?

Olhei demoradamente a casa. As paredes estavam imundas, marcadas por fezes de mosquito; os móveis não passavam de trastes; o chão da cozinha fora feito de barro batido e o fogão de tijolo já perdera o reboco. Pairava no ar um forte odor de restos, de detritos de algo que eu não conseguia identificar.

Não. Vou providenciar um lugar melhor para receber os amigos do velho.

Faça aqui mesmo, Eleutério. Este povo é muito ingrato — a velha tentava me convencer, enxugando as lágrimas com as pontas do avental.

Onde está o corpo?

No necrotério.

Desde quando?

Ontem à noite.

Eu tinha que providenciar o velório logo. Olhei o relógio, eram dez da manhã. Dona Ana percebeu e disse:

Não se preocupe, ele não vai feder.

Cumprida a obrigação de chorar o velho, ela já falava mostrando sua crueldade. Observei mais um pouco a casa, depois tirei algumas notas graúdas do bolso e entreguei a ela, recomendando que deveria preparar bastante comida para servir no velório.

Mas...

Não tem nada de *mas*, Dona Ana. Bastante comida e bebida para as pessoas que vão passar a noite velando o corpo.

O senhor não devia jogar dinheiro fora!

Dei-lhe as costas e saí para ver o coronel.

O secretário do hospital apresentou-me as contas, que paguei sem conferir. Em seguida, levou-me ao necrotério, nos fundos do hospital. O coronel estava sobre uma mesa de azulejos encardidos e vestia um pijama largo. A barba imensa. Não, aquele não era o pai de minhas recordações. Comecei a me sentir mal, preso naquela sala fria. Notando meu desconforto, o secretário veio em auxílio.

O senhor já contratou o serviço de luto? — perguntei, fingindo uma voz firme.

Não.

E por que não?

Estava esperando o senhor chegar.

Agora não adianta discutir. Onde fica a funerária? — animei-me, achando um motivo para sair do necrotério.

O senhor vai ter que arranjar uma em Campo Mourão.

Aqui não tem nem uma merda de funerária?
Os donos estão viajando.
Que irresponsáveis!
Ninguém sabia que o coronel Ângelo iria morrer — concluiu o secretário.
Esta discussão era pura perda de tempo. Saí rumo à praça, onde tomei um táxi para a cidade vizinha. Acertei com um serviço de luto e antes da uma da tarde estava de volta.
O táxi me deixou na casa do Padre Antônio. O secretário, sentado atrás de uma escrivaninha imunda, me atendeu. Quando comecei a falar sobre a missa e sobre o aluguel do salão paroquial para velar o corpo, fui interrompido.
O padre está rezando missa lá pras bandas de Ouro Verde. Só volta na sexta-feira.
Nada funciona nesta cidade!
O salão paroquial eu posso alugar, mas o senhor deveria velar o corpo em casa.
O salão é o único lugar decente.
Isso é verdade.
Paguei o preço estipulado e saí. O coronel não se importaria com o fato de não ser abençoado. Nunca gostou de igreja. Caminhei lentamente pela rua, os preparativos estavam prontos, e fui parar num bar de mulheres. Nas horas de desânimo, eu tinha que procurar uma prostituta. Havia duas atrás do balcão e nenhum freguês. Sentei-me numa mesinha de lata e fiquei ouvindo o som muito alto do rádio. O sol que entrava pela porta revelava a fina camada de poeira que ia assentando sobre tudo, silenciosamente. Era um trabalho contínuo que não deixava ninguém em paz.

Pedi alguma coisa para comer. Fazia mais de doze horas que não colocava nada no estômago. A mulher mais velha, toda pintada no coração daquela tarde suja (o que lhe dava um ar de cansaço), trouxe-me dois ovos cozidos, alguns pedaços de lingüiça e um pãozinho. Pedi também cerveja.

Só tem quente. Minha geladeira quebrou.

Pode ser.

Quando recebi a cerveja, fiz um sinal para que ela se sentasse.

É muito triste comer sozinho.

Também acho.

A Gorda (como passei a chamá-la) colocou uma cadeira ao meu lado e começou a beber. Tomamos quatro garrafas de cerveja quente e, quando ela foi buscar a quinta, trouxe um bife malpassado.

Gosto de carne assim, eu disse.

Seu pai também gostava.

Você se dava bem com ele?

Não... Mas passamos muitas horas juntos.

Posso dizer que não conheci meu pai. Trinta anos separados...

E não precisa conhecer agora.

Comi o bife e tomamos mais uma cerveja. Do outro lado do balcão, lavando os copos, a moça me olhava.

Vou ao banheiro — falei, enquanto me levantava. — Bonita a sua amiga.

É minha filha. E está grávida.

E eu de luto. Formamos um par e tanto.

A Gorda foi conversar com a filha e eu peguei o caminho

da privada, erguida no fundo do quintal. Ao voltar, me encontrei com a moça no meio do corredor. Sem dizer nenhuma palavra, nós nos abraçamos e fomos para o quarto. Era magra e a barriga não estava muito grande. Não devia ter dezessete anos e nua parecia uma menina. Tirei toda a roupa e me deitei com ela, tomando cuidado ao abraçar aquele corpo infantil. Fizemos amor com alguma dificuldade e depois, no momento em que se limpava, me disse:

É a primeira vez desde que descobri.

Se eu ficar por aqui não será a última.

Ela me olhou e sorriu. Era uma menina bonita e meiga. Sentei-me e fiquei alisando sua barriga, enquanto ela tentava se vestir. Saímos juntos, mas me adiantei até a Gorda para pagar a conta.

Quanto devo?

Nada.

Isso aqui é casa de caridade? Assim vou acabar ficando freguês.

Seu pai tinha crédito. Eu abro uma conta pra você.

O velho era mesmo o dono da cidade — falei em tom de gozação.

E agora tudo o que era dele é seu.

E isso é bom ou ruim?

Depende de como você encara as coisas.

Sem me despedir, fui para casa tomar banho. Era suave a claridade do entardecer. Um veículo passou levantando uma nuvem de poeira que acentuou ainda mais a vermelhidão do poente. Em casa, encontrei Dona Ana preparando a comida. Tudo estava mais bagunçado ainda. Havia um cheiro doce de terra que me fazia lembrar da infância. Só que, antes, era um aroma diferente, de poeira assentada.

Tudo está tão abandonado.

Desde que você e sua mãe se foram, o coronel nunca mais cuidou de nada. Foi vendendo as vacas, uma atrás da outra, até a fazenda ficar deserta. Só não foi invadida pelos sem-terra porque todo mundo tinha medo dele. Mas agora você vai ter problemas.

Pretendo vender metade da terra para cultivar o resto.

E quem você acha que vai comprar esta terra maldita, cheia de praga e erosão?

Dou um jeito. Tenho um pouco de dinheiro também. E aqui sempre dá para começar do nada. Não era isso que o coronel dizia?

Era. Mas passou trinta anos rangendo rede, sem vontade de recomeçar.

Iniciou vendendo lotes e fez uma fortuna.

Isso era o que ele dizia.

E se dizia só pode ser verdade — comecei a ficar entusiasmado (o efeito das cervejas?), tinha que recuperar trinta anos.

Apesar de seus defeitos, foi um grande homem.

Um grande homem não morre de enfarto enquanto está cagando numa privada velha. Isso foi castigo de Deus.

Ninguém pediu sua opinião, Dona Ana.

Desculpe.

Quando terminar mande seu filho levar a comida ao salão.

Sim, senhor.

Tomei um banho, vesti o terno preto que tinha comprado às pressas para o velório e fui para o salão paroquial. O corpo do coronel, já dentro de um caixão de luxo, estava também com um terno novo. A barba e o cabelo foram aparados. O rapaz da funerária tinha providenciado o necessário. Não se esquecera das 100 cadeiras de palha ordenadas em círculo. O alto-falante da igreja anunciava o velório entre músicas sacras. Tudo estava pronto. O rapaz me disse que voltaria à noite, para ficar comigo. Dispensei-o, bastava chegar antes das sete da manhã e não esquecer do ônibus.

Quando escureceu eram 18 horas e eu ainda estava só. A comida chegou e foi colocada na cozinha do salão. O filho de Dona Ana permaneceu um minuto na frente do caixão, fez o sinal-da-cruz e se foi. Fiquei novamente sozinho, apenas com as recordações.

A mãe me vestia com uma pressa medonha e eu não entendia bem aonde a gente iria. Era muito tarde, a cidade toda já dormia. Mas ela me ajeitava como uma louca que acorda no meio da noite e planeja viagens impossíveis. Mal me vestiu, pegou minha mão e saiu me arrastando pela rua. A lua cheia facilitava nossa marcha pelos caminhos esburacados. Mamãe ia a passos largos e eu tinha que multiplicar meus passinhos miúdos para conseguir acompanhá-la, pois sabia que, se não fizesse assim, ela me arrastaria. Os cachorros latiam perto da gente sem a intimidar. Ia decidida. Me intrigava a sua vontade de sair tão tarde, quando a cidade estava completamente morta.

Depois de algumas quadras de penosa caminhada, comecei a reclamar de cansaço. Queria parar, mas mamãe seguia insensível ao meu choro. Sem forças, deixei que meus joelhos tocassem o chão. Me pegou no colo e continuou sua viagem desvairada.

As pouquíssimas luzes da cidade foram ficando para trás. Tomamos uma estrada escura, sem casas à margem. Alguns minutos depois, avistamos um casarão todo iluminado e em seguida ouvimos música alegre.

Antes de entrar, me desceu e me segurou pela mão. Já numa das primeiras mesas encontramos o velho com uma mulata no colo. Mamãe parou na frente dele e perguntou se podíamos nos sentar. O velho nos olhou com ódio e imediatamente enfiou a mão no bolso, tirou algumas notas da carteira, deixando-as sobre a mesa, e saiu sem esperar por nós, perdendo-se na noite.

Não guardei mágoa dele. Mas mamãe não o perdoou. Dizia que não queria vê-lo nem morto. Não estaria aqui se fosse viva. Desde aquela noite, nunca mais se encontraram.

Levantei-me e fui até a cozinha pegar uma garrafa de pinga. Apesar do alto-falante ter anunciado o velório, não aparecia ninguém. É muito cedo, as pessoas devem estar jantando — pensei. Virão depois, para passar a noite.

Com a garrafa na mão fui à porta. A uns 150 metros ficava a valeta imensa que dividia a cidade em dois hemisférios. Quando criança, nos dias de chuva, costumava andar por ela, tentando vencer a correnteza de água suja.

Bebi mais alguns goles e voltei para perto do coronel. Tinha certeza de que podia tornar a fazenda produtiva. Se não conseguisse vender as terras, iria lotear a parte que ficava dentro da cidade. A casa e o curral, arruinados, não valiam muita coisa. Mas o terreno onde estavam podia se tornar uma bela zona de chácaras, bem no coração de Peabiru.

O povoamento começara por causa da fazenda, que empregava muita gente nas lavouras de café. O coronel tinha 21 anos quando derrubou a mata da região e 40 quando acabou com o cafezal, plantando grama em tudo. Os meeiros foram obrigados a ir embora, dando início à debandada que aumentou quando todos os fazendeiros passaram a plantar soja e trigo. A cidade diminuiu. Mas eu acreditava ser possível começar tudo de novo. A terra está sofrida, mas é de cultura, dizia para mim mesmo, basta trabalhar.

Bebi uma garrafa de pinga sem que ninguém aparecesse. Já era quase meia-noite e eu me conformava com a idéia de velar o defunto sozinho. Minutos depois, já meio dormindo, notei que um menino de uns sete anos estava ao lado do caixão e olhava fixamente para ele. Ao perceber que eu o observava, veio em minha direção.

Ele também matou seu pai?

Não! — respondi sem esconder o meu espanto.

Então por que você está aqui?

Porque tenho que estar. E você? — fiquei com pena do menino.

Mamãe não queria que eu viesse e me colocou para dormir mais cedo. Quando todos estavam na cama, pulei a janela e vim.

Devia ter ficado em casa.

Agora ele está do mesmo jeito que vi meu pai: as mãos cruzadas, os olhos fechados e coberto de flores.

É melhor voltar antes que sua mãe descubra.

Eu tinha que ver.

Sei, mas agora vá.

Devo rezar pela alma dele?
Acho que não. O melhor é voltar e dormir — disse isso me levantando.

Fui com o menino à saída e o acompanhei com os olhos até sumir na escuridão. De novo ao lado do pai, juntei três cadeiras, à maneira de uma cama, e deitei. A noite ia ser longa e solitária. Abri outra garrafa de pinga, que tentei beber deitado, mas logo estava dormindo.

No outro dia fui acordado pelo rapaz da funerária. Eram sete horas e tínhamos que enterrar o coronel às oito. Minha cabeça doía muito. O rapaz me sugeriu tomar um banho e tirar o terno, pois ia fazer calor.

O inverno aqui é assim — falou, ficando quieto um instante e em seguida completando. — É instável.

Sei, mas prefiro continuar do jeito que estou — olhei a rua vazia e perguntei pelo ônibus.

Achei melhor não contratar. O trajeto é pequeno.

...

Sairemos às oito?

Sim.

Faltavam quinze para as oito quando a Gorda chegou. Até então éramos apenas dois. A Gorda estava com uma calça de laicra vermelha, bem justa, e uma blusa amarela, decotadíssima. Os seios grandes tentavam saltar para fora. O cabelo oxigenado e o rosto pintado com cores fortes deixavam-na com uma aparência exageradamente ridícula. Notando minha desaprovação, disse:

Se quiser, não sigo com vocês.

Pode ir sim.

E a cozinheira, não veio?

Mandou o filho avisar que ficou doente.

Ah!

A Gorda ajudou a colocar o caixão no carro. A tampa traseira ficaria aberta e nós seguiríamos a pé.

O carro saiu bem devagar. Eu de preto e a Gorda fantasiada. Parecia mais um pequeno desfile de carnaval. As lojas já estavam abertas. Os turcos colocavam as mercadorias do lado de fora. Os estudantes a caminho do colégio exibiam uniformes encardidos. O sol castigando e ninguém a olhar para o cortejo.

Melhor tirar o paletó — disse a Gorda.

Vou assim! — falei, juntando as últimas energias.

Acho que esta cidade foi fundada na lua minguante — disse a Gorda só para ter o que falar.

Passamos na frente do salão de bilhar, que estranhamente estava movimentado àquela hora, e seguimos até ouvir alguém gritando:

Assassino filho-da-puta!

Neste exato momento, terminávamos de atravessar a ponte.

CAÇA ÀS LAGARTAS

As lagartas se espalham por tudo, não se contentando apenas com o jardim, onde preferem ficar sob as plantas, os troncos e os vasos. Entram pela casa e, numa correria cega atrás de algo urgente, se escondem nos lugares mais escuros, nas frestas do sofá, debaixo da cama, atrás e dentro dos guarda-roupas. Passo o meu dia juntando as lagartas do jardim, varrendo-as com uma vassoura de galho, depois enchendo pazadas desses insetos meio massacrados e despejando tudo num balde, para em seguida levar para um monte na frente da rua e queimar. De vez em quando, ouço gritos dentro da casa. Largo meus instrumentos e corro para o cômodo de onde veio o chamado, pode ser no quarto de casal e daí é Dona Alzira quem grita, e quando chego me aponta um ninho delas. Da última vez, havia umas dez lagartas na gaveta da cômoda, que ficara aberta. Retirei tudo com a mão (agora tenho que andar sempre com luvas, porque as lagartas queimam) e coloquei num saco plástico, desses para lixo. Mas pode ser que o grito venha da sala de tevê e as invasoras estejam seguindo em fila para um canto qualquer. Daí recolho-as com a ajuda de uma pazinha e uma brocha. O alarme pode também ser dado no quarto da menina, como agora. Tenho que ser rápido, porque ninguém suporta mais as lagartas. Entro no quarto com minha roupa escura e, como tudo é rosa claro, me sinto deslocado, com a impressão de fazer parte de um desenho animado. A menina está sobre a cama e me aponta uma gaveta meio aberta em seu guarda-roupa. Retiro a gaveta e a coloco no chão. Está cheia de calcinhas e sutiãs. Não tinha percebido que a menina, ainda tão nova, já usava sutiã. São peças pequenas, e da gaveta sai um perfume que pode ser do amaciante de roupa ou do corpo da menina. Fico meio constrangido por estar diante de peças íntimas, mas ela já está gritando se eu vou ou não vou retirar as lagartas, se pretendo esperar que elas virem mariposas para que saiam sozinhas, voando, só para eu não ter trabalho. A menina é irritadiça e sofro com suas exigências. Mexendo nas calcinhas encontro algumas larvas, rapidamente recolhidas ao saco plástico. Faço a faxina com destreza, embora saiba que ela não ficará satisfeita. Olho bem tudo de novo, peça por peça. Viro o conteúdo da gaveta no chão e passo em revista todas as calcinhas e os sutiãs. Percebo que não existe nenhuma mancha nos fundilhos das calcinhas e isso me alegra. Seria constrangedor descobrir alguma sujeira ali. Estou de luva, mas gostaria de sentir o contato daquele tecido. Como não encontro mais nenhuma lagarta, coloco tudo na gaveta e esta no guarda-roupa. A menina se revolta, diz que se eu acho que ela vai usar de novo *essas* peças eu estou muito enganado, elas agora estão con-ta-mi-na-das. Diz isso me olhando com raiva, como se fosse eu que tivesse sujado as roupas. Pergunto se quer que eu leve para a lavanderia. Não, quero que você queime junto com esses bichinhos imundos.

Pego todas as peças e enfio no saco de lixo, sem esconder a raiva na violência dos gestos e na decisão dos passos com que vou para o quintal. Coloco fogo em tudo, mas o cheiro que sai não é igual ao das outras vezes, há um fedor doce, de pano queimado, que se mistura ao das larvas. A menina me olha da janela da sala, para ver se estou fazendo o serviço direito.

Ainda é de manhã. A maioria das lagartas permanece nos galhos das várias acácias da rua. Estou limpando o que passou para o quintal durante a noite. Tenho que fazer tudo rapidamente, juntar os montes, cinco a seis baldes e pôr fogo. A bomba com uma solução de álcool e sabão já foi preparada, e logo estou pulverizando, na tentativa de espantar as invasoras das calçadas, do jardim, da garagem, das paredes externas e da lavanderia. O sol começa a esquentar, é o momento mais difícil do trabalho. Fico com a vassoura e a pá na mão, tentando controlar a entrada das larvas. Elas vêm sempre em filas, como um batalhão organizado, arrastando-se e erguendo o meio do corpo. Apesar dessa maneira complicada de andar, são rápidas. Vou enfiando tudo num balde, prestando sempre atenção no que está acontecendo no resto do jardim. São tantas que algumas acabam atingindo a casa e sou chamado para retirá-las. Isso estraga minha defesa, pois tenho que abandonar o posto e correr para um cômodo qualquer. Quando volto, o jardim já está tomado e aí só me resta o trabalho com a bomba e com a vassoura de galhos. Já não há mais jeito de controlar de outra forma, elas se espalharam por tudo. A casa está fechada e fico aqui fora tentando reduzir o número das lagartas que conquistaram o quintal. Não sei como elas se reproduzem tão rapidamente, é como se saíssem do nada, mas vêm mesmo é das acácias, já quase sem folhas. A impressão que se tem é de que as folhas das árvores vão se transformando em lagartas. Visto de longe, o chão da rua, manchado de um verde-escuro, mais parece uma paisagem de outono. Mas é outubro e as árvores estão peladas porque as lagartas devoram os brotos. No começo, quando eu passava por baixo das árvores, me assustava: elas caíam em minha camisa. O único perigo é que caiam no rosto, no pescoço ou dentro da roupa. Por isso uso este chapéu. Na rua, ninguém mais tem sossego, todos fogem da calçada. Só os desavisados passam por aqui e logo saem correndo, batendo a mão nas costas, na cabeça. Observar o medo das pessoas é a única diversão neste serviço.

Fazia seis meses que eu tinha saído do seminário em Ponta Grossa, depois de uma crise, e ainda estava tentando arrumar emprego. Um conhecido da pensão, funcionário do Dr. Belmiro, avisou que ele queria alguém de confiança para trabalhar de outubro a dezembro na limpeza do jardim. O salário era bom e eu ainda economizaria com a pensão, dormindo no quarto dos fundos para, quando necessário, trabalhar à noite. Achei boa a proposta e não me assustei muito com as lagartas. O Dr. Belmiro me disse que, como tinha chovido por aqueles dias e esfriado, elas eram poucas, mas iam aumentar logo que esquentasse. Assim mesmo, aceitei o serviço.

Ele então contou que no ano passado já tinha acontecido uma invasão igual a esta. Pegos de surpresa, fecharam a casa, a família desceu para a praia e ele ficou num hotel até o Natal. Mas este ano tomaria outras providências.

Por que o senhor não corta as árvores da rua?

Pensa que não tentei? Fiz vários pedidos para a prefeitura, vieram os técnicos e acharam que não era motivo suficiente o fato de haver algumas lagartas nas árvores. Passaram um veneno e foram embora. Vá aprendendo, aqui as leis protegem mais as árvores do que os moradores.

Ele me mostrou o quarto e me deu um macacão de manga comprida, botas de borracha, luvas e chapéu. Depois de tantos anos morando num seminário, gostei da idéia de passar algum tempo numa casa de família.

O Dr. Belmiro e a mulher ficam fora o dia todo, a filha vai para a escola à tarde e a empregada trabalha só até as quatro horas. Me sinto meio dono da casa e isso me dá mais ânimo para expulsar a horda verde que quer invadir tudo. Me lembro das aulas de história: era minha guerra santa contra os mouros infiéis e imundos.

Mas depois de uma semana neste ofício fui ficando cada vez mais nervoso, por mais que lutasse não conseguia barrar os ataques. Vinham destemidas, cresciam, se reproduziam e acabei me sentindo escravo delas. As costas doíam de ficar o dia inteiro olhando para o chão, me abaixando, procurando os seres repugnantes que se arrastavam rumo a algo desconhecido. Andava sobre as lagartas, sentindo o seu visgo sob as botas. O quintal, mesmo com o sol, sempre úmido. Tudo vinha sujo, lambuzado, cheirando matéria decomposta. Meu quarto no fundo também era povoado por lagartas e eu tinha que, à noite, depois da vistoria geral na casa, ainda gastar mais alguns minutos com um último trabalho de limpeza.

As lagartas preferem o escuro, os cantos escondidos, onde podem se transformar em mariposas. A gente está lutando contra o instinto de sobrevivência desses insetos e isso torna as coisas difíceis. Não há nada que as impeça, buscam uma região com pouca luminosidade para esperar a metamorfose. Sou apenas um homem contra a força da natureza, contra os instintos de uma espécie. No começo, fazia a limpeza completa do meu quarto, porque me enojava senti-las perto, depois fui me acostumando. Agora tiro apenas as que estão na cama, entre os lençóis. Assim mesmo, pela manhã, encontro sempre uma ou outra esmagada. Antes de amanhecer, vou à lavanderia, que fica na mesma edícula em que durmo, e lavo as manchas dos lençóis.

Difíceis foram os primeiros dias. Eu tinha que comer na varanda, vendo todas as lagartas mortas. Qualquer coisa mais viscosa que estivesse em meu prato tornava-o intragável. Um dia, a cozinheira fez quiabo refogado e tentei comer pelo menos um pouco daquilo. Coloquei um tanto na boca e engoli sem mastigar, ajudado pelo visgo. Mas não engoli quiabos e sim lagartas. O prato ficou, para mim, transformado num monte de larvas e veio logo a ânsia, seguida de um vômito verde que, sem dúvida, era da mesma matéria das lagartas. Com o tempo, fui suportando mais o cheiro enjoativo delas e passei a me alimentar bastante. Era comida caseira depois de anos de refeitório.

Não sei bem o momento em que se deu uma comunhão entre mim e as invasoras. Eu tinha passado tanto tempo com elas, sentido tanto o seu cheiro e pisado infinitas vezes em seus corpos moles que passamos a viver em intimidade. Continuava lutando, mas sem raiva, sem nenhuma revolta, apenas por obrigação profissional. Comecei a compreender que eu entrara em um ciclo, fazendo parte de uma escala que todos odiavam. O Dr. Belmiro, a Dona Alzira, a filha e a empregada se isolavam, queriam ficar distantes destes seres rasteiros, por isso me contrataram. Para que eles não se contaminassem, eu deveria me juntar às larvas. A diferença é que eles não tocavam nelas. Eu sim. Isso me tornava impuro, uma espécie de imensa lagarta, que devia ficar do lado de fora. Quando me chamavam para socorrê-los, eu sentia que a repugnância estampada nos rostos dos limpos não era só pelas lagartas, era também por mim. Lá dentro, não podia me sentar, não podia tomar um copo de água, sequer encostar a mão na parede. Tudo que eu tocasse teria que ser esterilizado porque eu vinha do planeta sujo. A empregada me passava a comida num prato velho que, quando entrei na cozinha para retirar algumas de minhas irmãzinhas da pia, percebi que ficava em um compartimento imundo, ao lado de uma pequena lixeira. Junto com meu prato estavam meus talheres e o copo de massa de tomate em que vinham a água e o refrigerante. Isso me jogou definitivamente para o outro lado. O lado contra quem eu lutava. Lá dentro a limpeza e a organização, aqui fora o caos verde e viscoso.

No seminário, tinha sido igual. Filho temporão e órfão aos dez anos, minha única irmã, já casada, me levou para estudar em Ponta Grossa. Eu gostava das amizades em Peabiru, dos meninos de rua com quem saía depois da aula, caçando passarinho nas matas, nadando nos riachos, espiando Ivanilde que tomava banho em um quartinho de madeira cheio de frestas. Ela estava começando a ter peitos e pentelhos, mas já tinha corpo de mulher. Todos diziam que gostava de se exibir e sabia da espionagem.

De repente, tudo isso virou passado. Como seminarista eu devia pensar em coisas puras e não em corpo de meninas ainda sem pêlos. Rezava e me esforçava para tirar de mim todo pensamento espúrio. Seria um padre. No começo não sabia bem o que era isso, mas depois descobri quanta renúncia tal destino exigia. Sem pai nem mãe, mortos num acidente, eu dependia apenas do seminário. Fui bom aluno, nunca tirei notas baixas, fazia minhas orações, mas não conseguia esquecer o corpo de Ivanilde. À noite, acabava dormindo na umidade das poluções. Muitas vezes, no meio de uma missa, sentia vontade de entrar no banheiro de Ivanilde e beijar seu corpo. Eu saía para a privada e minha mão fazia seus movimentos solitários com grande presteza.

Já homem feito, resolvi revelar este vício ao confessor, que me fez um sermão, falando de força de vontade, castidade, limpeza de alma e pensamentos puros e retos. Minha penitência foi dura, mas cumpri. Dois dias depois, uma parte imunda e descontrolada de minha mente tratou de me encharcar a cueca com um jato quente e espontâneo, sem nenhuma intervenção da vontade. Vi então que eu não colocava meus pensamentos na sujeira, mas que a sujeira estava em mim, morava num fundo escuro qualquer e, de vez em quando, queria sair, transbordar seus líquidos. Era mais forte do que a razão que mandava meu corpo se acalmar.

Quando o confessor perguntou se eu ainda me entregava ao pecado solitário, disse que sim, mas não por minhas mãos. Deu-me nova penitência e não consegui me livrar do desejo. Por não mentir, fui chamado à Direção. Eles sabiam que eu não tinha vocação e achavam melhor eu deixar o seminário e voltar para casa. Como? Eu não tinha mais casa. Restava então ir em frente. Vim para Curitiba, recebendo uma pequena mesada que mal dava para pagar a pensão. Saí do seminário apenas com uma mala cheia de roupas sujas. Eu era só sujeira. Olhei pela última vez o prédio do seminário brilhando na luz da manhã.

Eu deixava a luz. Ia conhecer a sombra.

O quarto de pensão era tão sujo quanto eu e escuro o suficiente para acobertar meu pecado. Podia, a qualquer hora do dia, ir ao banheiro no fundo do corredor e exercer o ofício manual. Este foi um tempo de pouca comida e muita luxúria.

Por isso, um mês depois de ter começado a trabalhar na casa do Dr. Belmiro, ouvi da empregada que eu estava engordando mais do que as lagartas. Foi então que reparei que meu ventre tinha crescido. Eu estava bem alimentado e, depois do cansativo trabalho contra as larvas, me entregava a um sono tranqüilo.

O Dr. Belmiro me avisara que os dias mais críticos seriam os da segunda semana de novembro, que estava começando. Se não chovesse para esfriar um pouco, as lagartas iriam aumentar e entrariam em desespero para encontrar um lugar fresco e escuro. Notei que, dias antes, começaram a me dar mais comida — precisaria de força para enfrentar as irmãzinhas. Iniciei detetizando as árvores em volta da casa com um produto proibido. As lagartas que estavam nelas morreram, tornando pegajoso o chão. Varri tudo, amontoei num canto e fiz uma grande fogueira.

Embora as nossas árvores estivessem livres da praga, as demais continuavam abrigando os insetos que logo estavam de volta, não apenas em nossa casa como nas árvores de onde eu as expulsara. Por tudo quanto é canto fervilhavam larvinhas. Quando saíam das árvores, ainda eram pequenas, mas, um dia depois, já tinham crescido dois ou três centímetros. Não havia como vencer essa vontade de desenvolvimento que daria a elas, algum tempo depois, a forma de mariposa. Eram irrefreáveis. Fiquei estudando o comportamento delas. Buscavam com grande pressa qualquer fresta. Entravam até debaixo da sola de minha bota. Dava dó ver tanto empenho em achar um esconderijo contra o sol e os predadores. Eu estava olhando o comportamento delas, talvez com uma cara de admiração, quando a menina me surpreendeu.

Até parece que você gosta delas.

Não respondi. Se já era tímido com mulheres quando criança, os anos de seminário tinham me transformado em um animal arredio. Ou melhor, em um inseto arredio. Assim como as larvas, procurei um lugar para me esconder da menina.

Ela me seguiu até a garagem, onde eu tinha descoberto um grupo de lagartas. Estava pegando seus corpos verdes com uma pá quando a pressenti ao meu lado. Usava um calção curto, mostrando suas perninhas redondas e brancas, com uma penugem loira que nem aparecia direito. Meu primeiro impulso foi de raiva, ela ficava ao meu lado apenas para mostrar minha escuridão. Sou moreno e o sol deste último mês me deixou ainda mais escuro. Ao lado dela, pareço um tição. A menina veste uma blusinha de malha e os dois biquinhos dos seios forçam o tecido, anunciando aréolas rosadas.

Fiquei fazendo meu serviço em silêncio enquanto ela olhava para as larvas.

Qual a sensação de pegar no corpo delas?

Como apertar um pedacinho de maria-mole.

Peguei uma com os dedos e espremi até que soltasse o visgo verde.

Uh! — disse a menina. — Isso é nojeeento.

Eu senti que aquele nojento não era para os insetos, era para mim. Ela queria me provocar. Segurei três de uma vez e apertei bem devagar, para que visse a sujeira escorrendo de meus dedos. Ela recuou um pouco, com uma careta de nojo e um olhar de curiosidade.

É verdade que queimam?

Queimam.

Você nunca tocou nelas sem as luvas.

Já.

Quero ver.

Tirei a luva da mão direita e procurei a maior que estava por perto. Depois segurei com os dois dedos, bem devargarzinho, sentindo uma leve ardência na pele, e amassei o corpo bojudo, fazendo com que estourasse perto da cabeça e vertesse seu líquido espesso e pesado. Joguei-a longe e, com os dedos melecados, toquei o braço da menina, que se arrepiou de nojo ao meu contato, mas sem tentar nenhuma resistência.

Queimou?
Só um pouquinho. Quer experimentar?

Ela olhou bem nos meus olhos e saiu correndo para a cozinha, assustada com a proximidade perigosa daquela imundice toda.

Ao ver uns pneus velhos no fundo do quintal me veio a idéia de fazer armadilhas. Com uma faca bem afiada, abri os quatro pneus ao meio, transformando-os em oitos cochos. Serrei umas placas de madeira que estavam na garagem, para colocá-las sobre os cochos, que ficariam de borco. As oito armadilhas foram espalhadas pelo jardim. Uma das partes do pneu com uma fresta para que as lagartas pudessem entrar. Lá dentro, era escuro e fresco, e logo elas começaram a ser atraídas.

Enquanto a maioria seguia para as armadilhas, que chamei de calabouços, eu ia atrás apenas das que tomavam outro rumo. Algumas horas depois, comecei a tirar a tampa de madeira e colocar grandes pazadas de lagartas no balde. Cada calabouço guardava dezenas de larvas. Quando o Dr. Belmiro chegou, fiz uma demonstração de minha engenhoca. Ainda tínhamos cinco dias de superpovoação de lagartas pela frente, depois começariam a diminuir. A invenção vinha na hora certa e ele me prometeu uma gratificação.

Naquela tarde, jantei com ânimo, tomei um banho e fui para a cama mais cedo. Merecia descansar. A presença das lagartas não me constrangia mais. Ficara me atormentando o corpo da menina, que nunca tinha chegado tão perto de mim. Senti seu perfume e sua respiração. Nunca houve, em toda a minha vida, tal intimidade com uma mulher. O fato de esta mulher ter apenas doze anos não significava muita coisa. O corpo podia não estar ainda desenvolvido, mas ela era uma fêmea completa e tirava partido de seu poder de sedução. A menina estava inteira na memória. O corpo claro reluzia numa região qualquer de meu cérebro. Era só fechar os olhos.

Ela se vestia como mulher, andava como mulher, me olhava como mulher. Como queriam que eu a visse como menina? O episódio de hoje me fez entender que estava diante da primeira fêmea que manifestara algum interesse por mim. Com a imagem dela na cabeça, abaixei a cueca e peguei em algo mole e invertebrado como uma lagarta. Mexi algumas poucas vezes e logo fiquei com nojo.

De nada adiantou não bulir com ele. À noite, acordei sentindo minhas virilhas pegajosas. Acendi a luz e vi que algo havia sido amassado sob meu corpo. Ali estavam as marcas úmidas.

Pela manhã, a empregada e a menina foram a um mercado próximo e me solicitaram uma vistoria na casa. Comecei pela sala mas logo estava no quarto da menina. Com cuidado, abri a gaveta das calcinhas, agora cheia de peças novas, mas já usadas. Peguei algumas e fiquei cheirando longamente. Aos 18 anos, o nariz em algumas peças íntimas era minha mais ousada experiência sexual. Apenas esfregando a mão sobre a calça, consegui me livrar do tormento. Sempre imaginava os espermatozóides percorrendo o canal como pequenos verminhos nojentos à procura da saída do túnel. Consumada a sujeira de sempre, eu estava envergonhado por segurar aquelas peças. Coloquei tudo de volta e terminei meu serviço, sentindo uma umidade incômoda na cueca.

No outro dia, amanheceu chovendo e as lagartas começaram a desaparecer. Estava acabando o ciclo, logo eu estaria longe da casa, das lagartas e da menina. Voltaria para a pensão e continuaria a emagrecer em busca de um emprego. A diminuição das invasoras fez com que eu me tornasse mais diligente. Andava vasculhando cada milímetro do quintal. Agora, pegava as lagartas com a mão. Colocava-as em um saco e guardava. Ao todo, durante os dias seguintes, não capturei nem meio balde. Já não as queimava, para mostrar ao Dr. Belmiro. Havia ainda muitas escondidas, era preciso fazer uma busca minuciosa.

Andava pelos cantos, erguendo trastes no quintal e nos cômodos externos. Mudava os vasos de lugar, tirava as pedras do jardim, olhava dentro de móveis e de garrafas. Era a última investida contra os mouros. Os exércitos já tinham sido dizimados, restava agora capturar os desgarrados. Andando sem ter muito o que fazer, eu prestava mais atenção na casa, e a casa para mim era só a menina. Passava a maior parte do dia na lateral para onde dava a janela de seu quarto. Fazia barulho para que soubesse que eu estava ali. Pela manhã, a casa ficava praticamente vazia. A empregada em seu exílio com as panelas, o casal trabalhando, a menina no quarto envolvida com a lição. Numa das vezes que passei pela janela, encontrei-a levemente aberta, a menina deitada na cama de calcinha e sutiã, numa pose copiada de algum filme. Era realmente uma mulher, linda e sensual. Fiquei olhando e percebi que ela também me via, disfarçadamente. Me abaixei, mas ouvi sua voz me chamando baixinho.

Abri um pouco mais a janela e fixei o rosto da menina, só por isso pude entender a sua frase, apenas sussurrada, venha ver se há alguma lagarta aqui no quarto. Fiz um gesto de que iria dar a volta e entrar pela porta, mas ela ordenou que pulasse a janela.

Eu estava de bota e macacão e ela ficou olhando para meus pés.

Você está sujando o tapete. Tire as botas.

É uma delícia cumprir ordens numa situação desta. As botas ficaram num canto e ela pediu para eu tirar também o macacão imundo. Logo estava só de cueca na cama, colado ao seu corpo, morrendo de medo. Eu me senti um menino, sem nenhuma experiência.

Sabe que perdi o medo das lagartas? Elas são fracas, é só apertar e se espatifam. Depois a gente lava a mão.

Pegou-me pela nuca e empurrou minha cabeça até seu sexo, que beijei através do tecido. Havia um cheiro doce e não era de amaciante. Na lavanderia, para me certificar, eu cheirara o frasco com o produto e agora descobria que o cheiro das calcinhas era o da menina e não um perfume artificial. Fiquei algum tempo respirando com o nariz colado ao seu sexo. Mas logo a menina puxou meu rosto de volta dizendo chega, aí você nunca vai entrar, e me fez ficar estendido na cama. Abaixou minha cueca, expondo-me inteiro.

Quantos centímetros mesmo cresce uma lagarta por dia?
Uns três.
Mas esta cresceu mais. Ela queima?
Experimente.

A mão dela abraçou meu pau com força e começou a fazer um movimento de ida e volta com bastante lentidão.

As lagartas buscam um lugar com pouca luminosidade.

Elas não pensam em mais nada. Saem rápidas atrás de um abrigo. Eu não consigo barrar as lagartas. Elas vão aonde precisam ir. Cada um tem um rumo. As lagartas têm o delas. Eu quero segurá-las, mas não consigo. São muitas. E todas correndo para um lugar seguro, em que haja sombra. Só procuram um abrigo para que possam se desenvolver. Descem das árvores em bandos, andam em fila, correm atrás de um canto escuro. Há milhões de anos fazem isso e há milhões de anos conseguem, pelo menos algumas, o seu intento. Elas se escondem e se transformam em mariposas. Algumas são esmagadas — têm que ser sacrificadas para que as outras consigam se esconder. As larvas só querem continuar vivas, por isso procuram abrigo, a proteção de um útero escuro e acolhedor. Mas algumas não conseguem. Algumas são esmagadas.

Olho a cara da menina e vejo que está se divertindo. Ela aperta meu pau com força, olhando-o latejar e ficar ainda mais vermelho, quase roxo. Daí aperta com mais força. Até que seu líquido vaze, sujando minha barriga. Logo abandona a cama e vejo sua bundinha magra, mas bem formada. Vai ao banheiro de seu quarto e lava a mão com bastante sabonete, enquanto ordena, limpe já esta nojeira! Passo a cueca sobre a barriga, espalhando meu visgo ainda mais e depois a visto, coloco o macacão e as botas. Ela se tranca no banheiro.

Gasto o resto da tarde pelo quintal, sem ter o que fazer. À tarde, conto para o Dr. Belmiro que não há mais perigo. Todas se foram, não resta nenhuma. Quer saber se tenho certeza. Digo que sim. Ele vai até o escritório e volta com um cheque, que coloco no bolso sem olhar o valor. Me manda levar o macacão e as botas como presente. Arrumo minha mala em poucos minutos e me retiro, passando antes na cozinha para me despedir de todos. A menina me ignora, sentada na mesa cheia de comida. Talvez por eu ter olhado com desejo para aquela direção, Dona Alzira me dá um sanduíche, que vou comendo pelo caminho.

É fim de novembro. Em fevereiro começarão a aparecer as mariposas.

Vermelho envelhecido

Para toda a mudança há uma fronteira. Comigo acho que foi a tarde em que passei olhando fotos, logo depois da morte de Ernesto. Um solzinho acanhado entrava pela janela do apartamento e aquecia minha cama. Pacotes de fotos espalhados sobre a colcha iam, aos poucos, sendo abertos. Fotos sem ordem, de parentes falecidos, amigas do ginásio, das várias fases de Marcos. Foi um susto quando encontrei duas fotografias em que eu aparecia nua. Como pude me esquecer daquelas imagens do início do casamento? Eu estava deitada numa cama de hotel, com as pernas ligeiramente abertas, deixando tudo à mostra. Ernesto, lembrei-me logo, se divertia com a brincadeira de me fotografar daquela forma. E agora a foto era a imagem de um corpo esquecido que era o mesmo sendo outro. Este é o pior tipo de perda, quando se perde sem se perder de fato. Fiquei estudando meu corpo sob a luz do sol. Não sei como a respiração foi se tornando mais forçada. Logo comecei a sentir um calor que me subia até as orelhas. É a lembrança de Ernesto, pensei. Mas nunca senti tanto assim sua falta — duvidei no mesmo instante. Uma mão que era e não era minha foi me percorrendo por baixo da saia, puxando a calcinha e se enfiando em minha vagina em movimentos rápidos. Logo era como um trem em disparada, com suas mãos de ferro movimentando rodas furiosas. Tudo então ganhou o ritmo acelerado de minha mão. Estava estirada no colchão quando senti o trem passar sobre minha cabeça, estraçalhando, sem estraçalhar, meu corpo.

Envergonhada, minutos depois, recolhi meus pedaços. Foi a falta de Ernesto que me deixou assim, me justifiquei de novo, voltando para minha posição de viúva recatada.

Continuei freqüentando a foto. Acontecia de estar cuidando da casa e súbito sentir um desespero, uma vontade de me ver nua aos dezoito anos. Corria para o quarto e começava a me manusear com os olhos no passado. Não era — tive que admitir — a lembrança de Ernesto que me excitava e sim minha nudez juvenil. E esta descoberta me assustou. Eu me desejava. Queria possuir meu corpo, colar meus seios de agora nos seios daquela que fui. Era algo tão estranho que, depois de satisfeita, tinha vergonha.

Um dia meu filho levou uma namoradinha para dormir com ele. Esta é a Letícia, mãe. Era uma menina bonita, com um cheiro doce de infância e um sorriso ingênuo, mas de uma ingenuidade maliciosa. Na hora me senti atraída por seu sorriso, mas como beijar o sorriso sem tocar nos lábios?

Fui deitar pensando nela e fiquei atenta a todos os ruídos que vinham do quarto de Marcos. De repente peguei-me com as mãos no centro de minhas coxas. Abraçada ao travesseiro, com um outro entre as pernas, me imaginava unida àquele corpo.

Fiquei completamente apaixonada por ela.

Na manhã seguinte, tomei um banho demorado, pintei as unhas de roxo. Roxo é um vermelho envelhecido. O batom da mesma tonalidade me deixou com um ar de defunta, de mulher madura e maligna, pronta para tudo. Coloquei um roupão sem nenhuma peça por baixo e saí de meu quarto. Marcos tinha ido trabalhar, mas Letícia ainda dormia. Esperei por ela até as dez da manhã, então tive o pretexto para entrar no quarto. Bati, logo ouvindo um *entre* meio sonolento. Abri a porta e me aproximei de minha presa. Ela estava deitada sobre os lençóis, a barriga para baixo. O sol tocava seu corpo, dourando as penugens ralas da bunda. Não disse nada, fiquei apenas olhando. Letícia demorou um pouco para perceber que eu a comia com os olhos e, provavelmente sentindo minha presença, acabou de acordar sem nenhum espanto. Virou-se, revelando um par de seios pequenos com bicos rosados e levemente intumescidos. Com naturalidade me cumprimentou. Não consegui responder. Fiquei olhando para sua barriguinha marcada pelas dobras do lençol e depois para a penugem que nascia abaixo do umbigo. Ela se levantou e foi ao guarda-roupa de Marcos, pegou uma de suas camisas brancas e vestiu. Anjo depravado, pensei. Os bicos dos seios apareciam através do tecido fino. Suas coxas com pêlos fosforescentes (o sol batia diretamente nelas) saíam das fraldas da camisa. Continuei muda. Mas logo, entre nós, começou a acontecer algo. Tive certeza disso quando ela fixou os olhos em meus lábios roxos. Permaneci ali, paralisada, até que Letícia, sentando-se na cama, me convidou com um gesto para fazer o mesmo. Embora em minha casa, era como se a visita fosse eu. Sentei-me com as pernas cuidadosamente fechadas, o corpo duro e desconfortável de quem se sente fora de seu território. Meus cabelos ainda estavam úmidos e escorridos. Letícia os tocou e disse que também tinha que tomar banho. Mas logo se esticou para alcançar a carteira de cigarros e a caixa de fósforos, abandonadas no criado-mudo. Acendeu um cigarro, dando em seguida algumas tragadas, e depois me ofereceu. Eu suguei com força e o devolvi a Letícia com o filtro sujo de um roxo obsceno. Ela o colocou na boca e vi que seus lábios ficaram ligeiramente manchados do meu batom. Tudo isso ocorreu enquanto nos olhávamos.

As palavras são sempre supérfluas em momentos em que o silêncio, os gestos e a sede que resseca os lábios são muito mais importantes para expressar tudo que sentimos do que algumas palavras ocas que, ditas num momento desses, por mais originais que sejam, soam sempre convencionais. Não trocamos uma palavra, havia um diálogo de esperas e desejos, de medos e ousadias, de avanços e recuos.

Não sei bem ao certo se foi meu seio que acabou na mão dela ou se foi esta que veio parar em meu seio. Só recordo que de repente meu roupão estava desamarrado e minha nudez à mostra. Ela acariciava meu mamilo, fazendo com que ele se encolhesse. Fomos nos aproximando, eu ganhando confiança e me deixando ficar mais à vontade na cama. Quando meu ombro tocou no dela, levei meus lábios na direção da boca que me esperava. Mas foi a língua dela que forçou passagem e entrou, gelada, em minha boca. Meus olhos permaneciam abertos e atentos. Quando nos afastamos, seus lábios estavam arroxeados, como os meus. Ela abriu a camisa completamente, forçando os botões, e desci até seus seios de menina, enquanto Letícia se deitava. Nunca pensei que percorrer com os lábios um corpo demorasse tanto. Fui parando em cada mínimo poro, em cada penugem insignificante. A viagem dos seios ao umbigo demorou semanas e ao chegar lá descobri uma depressão funda onde, depois da expedição labial de reconhecimento, pus meu seio esquerdo. Fiquei algum tempo com ele imóvel no seu umbigo para depois começar a fazer um movimento circular, comprimindo meu corpo contra o dela. O mais difícil nas viagens é que temos de abandonar as conquistas de um lugar pelas promessas de prazer em outros. Do umbigo ao monte de vênus desci rapidamente, gulosa. E comecei a mordê-lo, sedenta de sua água. Mas só encontrei o que beber um pouco mais abaixo. Era ali que Marcos freqüentava e devia haver ainda restos de esperma. Enquanto eu bebia desta água da fonte, Letícia me visitava pelos fundos, com dedos curiosos, experimentando a elasticidade de meu rabo.

Chegamos ao gozo logo em seguida. E, depois de descansar um pouco, fomos ao banheiro, dividindo o pequeno boxe. Logo estávamos vestidas, eu com a camisa de Marcos, Letícia com meu roupão. Ela pegou na sua bolsa um batom vermelho vivo e me pintou os lábios.

Rosa encarnada, eu tinha renascido.

Muitas foram as vezes que nos encontramos depois disso. Em meu apartamento, quando Marcos estava no serviço, num motel, na casa de praia de uma amiga, num sítio próximo, onde fazíamos amor no pasto, diante de vacas passivas. Algumas vezes Letícia me telefonava avisando que acabara de sair do motel com meu filho. Não precisava dizer mais nada, eu a levava ao mesmo motel, escolhia o mesmo quarto e ficávamos horas nas ondas do desejo. Morria afogada e ressuscitava até ficar completamente desmaiada na praia provisória da exaustão.

Eu não amava em Letícia meu filho. Marcos era um concorrente e por isso eu precisava possuí-la depois dele. Era uma maneira de reconquistar Letícia, de envolvê-la com meus carinhos, para que não esquecesse da doçura de meus lábios, da ardência de meu ventre, do cheiro adocicado de meu suor.

Em Letícia eu amava seu jeito adolescente, sua pele nova e firme, seus seios miúdos que cabiam na palma de minha mão, tudo que já me pertencera um dia.

Amei-me em Letícia.

Havia sempre uma festa no aniversário de Marcos. Eu me preparei como nunca tinha feito antes. Com roupa nova, o cabelo pintado e um corte diferente, ganhei um ar jovial. Queria que, ao ficar ao lado de Letícia na festa, todos nos vissem como mulheres próximas, sem a distância da idade. Não queria parecer a futura sogra, mas amiga.

Naquela noite, me vi com o ânimo de meus tempos de moça. Circulava de um canto para outro, recebendo visitas, dando atenção aos convidados, mas sempre achava um jeito de tirar Letícia de Marcos para ficar com ela alguns minutos, bebendo champanhe, experimentando um ou outro salgadinho, ou simplesmente rindo, rindo muito.

Esta alegria toda foi morrendo aos poucos. Percebi que Letícia era, antes de mais nada, a namorada de Marcos. E o pior é que gostava desta posição. E eu sofrendo por querer ficar junto dela, desejando abraçá-la diante das pessoas e beijá-la como Marcos fazia a cada momento.

Letícia usava um vestido longo, bastante justo, destacando seus seios, seios que eram e não eram meus. Eu queria gritar que os meus lábios conheciam todos os lábios dela, que nosso suor tinha um único cheiro, que juntas visitávamos os campos do senhor.

Ao encontrá-la sozinha no corredor, disse que estava morrendo de vontade. Falei isso sem disfarçar. Ela sorriu, comentando, dissimulada, que a festa estava muito bonita. Deve ter percebido que eu me encontrava à beira de uma crise e tentou ficar o mais longe possível. Levantou-se e foi para junto de Marcos, deixando-me com as taças de champanhe. Num certo momento, me olhou, de longe, e murmurou algo para meu filho, talvez chamando a atenção para meu pileque. Marcos logo saiu com Letícia, levando os convidados a irem, aos poucos, se retirando.

No outro dia, vi que Marcos não dormira em casa. Passei aquela manhã toda na janela do apartamento, observando a rua. O ipê-roxo em frente do prédio tinha florido.

Estava lindo que era um desperdício.

OLHOS AZUIS

Raspou as camadas de tinta das paredes antigas e pintou tudo de azul. Mudar a cor da sala era uma maneira de tomar posse daquele lugar, mas servia também para enganar a solidão.

José estava em Lisboa terminando o doutorado, embora fosse ela, sem amigos ou parentes na cidade, a estrangeira. Uma intrusa naquela casa construída pelos bisavós do marido. Podia sentir a presença de cada um dos ex-moradores do casarão colonial, para onde não queria ter vindo depois do casamento, mas sem coragem de contrariar o marido, tão ligado à velha casa da infância.

Para que fosse mais sua, imaginou muitos filhos correndo pelos cômodos, só que esse não era o desejo de José, que queria apenas a criança que Maria trazia no ventre — para continuar o nome da família.

Mesmo assim, estava animada. Teria companhia e talvez deixasse de se sentir uma estranha. Por isso pintou a sala. Para receber festivamente o filho, anúncio de novos dias.

A casa mantém vivo o formalismo da família de José. Maria, acostumada à vida alegre do interior, estranhou este mundo sem prazer, de homens religiosos. Pintar a sala foi um pequeno ato de revolta. Colocou um vaso de flores na mesa e saiu à procura de outro enfeite.

No sótão, perdeu horas mexendo em velharias empoeiradas. Já não tinha esperança de encontrar nada quando descobriu um quadro virado para a parede — retrato a óleo de um jovem loiro de olhos azuis. Por um instante, teve a impressão de estar diante de algo vivo, tão intenso o brilho dos olhos.

Desceu o retrato e, depois de limpar a tela e a moldura, pendurou-o no centro da principal parede da sala. Desde o primeiro momento, viu-se atraída por aquele homem. Gastava parte dos dias sentada na poltrona, contemplando seu rosto, que dava à casa uma jovialidade desconhecida.

A sala virou seu lugar predileto — só ali se sentia bem. Tinha a sensação de estar fazendo algo proibido, mas isso punha um pouco de emoção em sua vida. Ela e o quadro contrariavam a sisudez dos antigos habitantes do casarão, cujos retratos ficavam na biblioteca, lembrando que a melancolia de José era hereditária.

Aqueles olhos azuis não pertenciam a nenhum antepassado do marido.

Ela então se lembrou de uma história que este lhe contara ainda no tempo do namoro.

A avó de José ficou viúva muito cedo e nunca mais se casou. Sua vida foi rezar, fazer penitência e cuidar de filhos e netos. Aos 80 anos veio a esclerose e passou a falar da falta de um homem de verdade.

Do nada, o retrato apareceu na parede de seu quarto, no mesmo prego onde antes ficava o crucifixo. Numa manhã, chamou o neto, apontou o quadro e disse que aquele era quem tinha dado alegria a ela, única paixão de sua vida, e que agora podia dormir todas as noites pensando nele.

José trazia o nome do avô e achou um desrespeito à sua memória. Nunca mais voltou ao quarto da velha. Mas, à noite, ouvia certos gemidos e não adiantava esconder a cabeça sob o travesseiro.

Com certeza, não iria gostar de ver o quadro na sala, mas Maria precisava impor, ao menos uma vez, seu desejo.

Foi depois de recordar tal história que teve vontade de dormir no antigo quarto da avó, abandonado desde sua morte. E logo achou uma justificativa: o quarto de casal era grande demais.

O cômodo ainda tinha os mesmos móveis e isso lhe causou um pouco de receio. Mas depois da primeira noite já estava acostumada.

Durante o dia, passava as horas vazias contemplando o retrato, imaginando-o de corpo inteiro. À noite, sonhava com ele. Dormiam juntos e faziam amor apesar da gravidez adiantada. E o silêncio da casa de paredes largas era povoado por gemidos.

Ela enfim experimentava o prazer.

José chegou sem avisar um mês antes do nascimento do filho. As malas ficaram na sala, ele beijou Maria sem maior interesse e foi retirando o retrato da parede. No lugar, colocou uma foto envelhecida do avô. E a casa voltou a ser triste, o marido lendo na biblioteca, quase sem falar com ela.

Maria perdia-se pelo quintal, observando nuvens ou experimentando a tranqüilidade de um céu azul. A solidão crescia, ocupando todos os espaços. Seu filho, que também crescia, herdaria horizontes apertados, fortalecendo uma tradição casmurra.

Ficou imaginando se a avó de José tivesse engravidado do amante. Teria sido rompida toda essa melancolia?

Entre momentos de desespero e outros de simples resignação, suportou o resto da gravidez. E a criança nasceu loira e de olhos azuis.

Assim que voltaram do hospital, mãe e filho passaram a dormir no quarto da avó, por imposição do marido, que agora já não pode sair de casa sem se sentir envergonhado e nem suportar o olhar lascivo do menino.

Que, indiferente a tudo, cresce alegre e sadio.

Quando a porta se abre

Acordo com seu choro desesperado, embora ela ainda esteja dormindo, perdida numa região que não posso freqüentar, o que não me impede de imaginar o que acontece lá. Vou chamando seu nome suavemente, para trazê-la sem sustos a este lado. O choro durante o sono é totalmente interior, sem lágrimas nem contrações faciais. Mas, quando minha voz faz com que ancore ao meu lado, súbito surgem lágrimas, seus olhos incham e sua face se desfigura. Eu a abraço e deixo que chore porque só assim ela se alivia da longa dor que guardou consigo durante mais um pesadelo.

Ela não fala do que tratam estes sonhos maus, cada vez mais freqüentes. Sonegando-me detalhes, quer garantir minha permanência do lado de cá, longe do território de terror. Teme que, entrando nele, eu não esteja mais aqui para trazê-la de volta. Ela não me explicou nada disso. Mas sei que é assim. Aos poucos, nestes dez anos de casamento, fui desvelando pequenos episódios de sua vida, que ela insiste em não comentar, mas que, por descuido, sempre acabam sendo parcialmente revelados. Com estes pedaços, montei o quebra-cabeça.

A mãe ríspida, que não lhe deu amor, ou pelo menos não o expressou, ficou doente. Reclamar das dores no ventre era um meio de distanciar-se mais da família, num papel de vítima que completava sua situação de esposa traída. O pai, sempre viajando, já nem escondia direito suas farras. A vida toda foi o grande ausente. Os irmãos adultos, cada um cuidando de seus interesses. No fundo do quintal, entre mexeriqueiras e bananeiras, a menina brincava com sua solidão e com uma ou outra amiga. Filha não só caçula como temporã (o irmão mais velho revoltara-se com a gravidez vergonhosa da mãe), coube-lhe o resto de um amor maternal que nunca foi grande coisa.

Como os outros filhos estavam muito ocupados, o pai deixou-a no hospital com a mãe. Foi a primeira vez que veio a Curitiba, numa viagem de descobrimentos e medos — a mãe gemendo, o pai indiferente na direção do automóvel, fazendo sua obrigação o mais rápido possível para retomar suas viagens. Depois saberia que aquele fora o primeiro enterro de sua mãe, que defunta ia para seu último estágio de sofrimento. Somente ela tinha tempo para a mãe, nos seus dez anos de espanto e insegurança.

No hospital, dormia ao lado da doente, acompanhava os procedimentos das enfermeiras e a visita dos médicos. Provava resignadamente da comida insossa como se todo o seu mundo tivesse perdido o sabor. Onde o prazer das goiabas vermelhas, as cores sujas das ruas, a alegria de uma chuva que apagava a poeira do quintal, deixando no ar um cheiro adocicado? Agora tudo era branco, o odor estonteante das mexericas fora substituído pela fragrância de farmácia que lhe causava náuseas. Nestes novos dias, nenhuma voz amiga, a mãe permanentemente sedada, para que não sentisse as dores que a devoravam. Atarefadas, as enfermeiras tinham pouco tempo, mas, vez ou outra, uma mais atenciosa passava-lhe a mão pelo rosto, num carinho ligeiro. Ela não trouxera os seus poucos brinquedos, porque nunca fora dada a eles, gostava mesmo era do convívio com as plantas, dos pequenos bichos do quintal, do porão de terra solta. Brinquedos sempre lhe causaram tédio. No quarto do hospital, gastava as horas estudando as manchas das paredes ou inventando uma brincadeira qualquer, como enrolar a perna com gazes e, quando não havia ninguém no quarto, caminhar arrastando a perninha enfaixada, gemendo baixinho num ensaio de dores que só conheceria depois.

Não soube quantos dias ficou com a mãe, que durante todo o tempo não teve um minuto de lucidez. Dela vinham apenas os gemidos abafados pelas injeções que lhe eram aplicadas periodicamente.

De vez em quando ia até a porta do quarto e se assustava com o longo corredor, cheio de portas e passagens que conduziam ao desconhecido. Não ousara sair do quarto, a mãe precisava dela, mas não sabia bem para quê. Algumas vezes, para se sentir útil, molhava um tufo de algodão e limpava o suor da testa da mãe. Inventava histórias sobre o pai e os irmãos, nas quais eles a visitavam todos os dias, trazendo-lhe flores que, num vaso na cabeceira da cama, davam um colorido ao quarto vazio.

Quando a mãe acordou, também acordaram as dores e os gritos. Mais assustada ainda ficou a menina com a agitação das enfermeiras que, minutos depois, entraram com uma maca. Aplicaram injeções, enquanto um médico jovem fazia um exame rápido. Sentada em sua cama, ela acompanhava tudo com um olhar de dor, mas de dor silenciosa. Já afeita à idéia de não ser notada, sentia-se ausente. Nada daquilo talvez estivesse acontecendo. Era um sonho. Só quando ficou sozinha, a mãe fora levada às pressas para algum lugar, começou a se dar conta de que tudo era verdade.

Longas as horas que passou no quarto, esperando a volta da mãe. Chegou a comida, mas a menina nem tocou nela, e só muito tempo depois teve coragem de calçar o chinelinho de crochê, que ficava sob a cama, e ganhar o corredor. Tinha que encontrar a mãe. Quanto mais andava, mais se desesperava. E foi então que realmente chorou. Corria sem rumo, entrava em outros corredores, descia e subia rampas, voltava, sem saber, pelo mesmo lugar, tentava outros caminhos.

Em verdade, nem queria mais encontrar a mãe, queria fugir, voltar para seu mundo, ver árvores, pessoas sorrindo, queria reencontrar as ruas encardidas de Peabiru — precisava se sujar de terra. Ao passar por algumas enfermeiras, que acabavam de sair de uma porta, uma delas segurou-lhe bruscamente o braço, cortando sua corrida. A enfermeira abaixou-se, enxugou-lhe as lágrimas do rosto e disse que ela tinha que ser forte. Não chegou a terminar a frase, a menina fugiu para a porta de onde tinham saído as enfermeiras. Queria ver a mãe. Queria falar, coisa que nunca fizera, que a amava muito, beijar-lhe os olhos, deitar em seu colo. Queria naquele instante toda a intimidade que nunca tivera com a mãe. Por isso corria e gritava em desespero, mas a porta, sempre mais longe, fugia de seu amor enlouquecido; e ela se sentia cada vez mais sozinha entre aquelas paredes brancas. Até que ouve, distante, alguém chamando seu nome e súbito alcança a porta.

Quando consegue enfim abri-la, me encontra deitado ao seu lado e, abraçando-me, diz, entre soluços, que me ama, me ama muito.

O BOM FILHO

Não sei muito bem como tudo aconteceu, quando vi estava com minha mãe nos braços, colocando-a no carro. Como alguém podia pesar tão pouco, meu Deus? Lembrei-me então que jamais a tinha beijado e que aquela era a primeira vez que a sentia tão próxima, a pele flácida de seu rosto colada ao meu — nós que não sabíamos o que era um aperto de mão. Apesar de ter casado duas vezes, acho que a única pessoa a quem realmente amei foi minha mãe, embora não tenha manifestado isso com afetos. Nossa família jamais se permitiu qualquer tipo de expansão, havia sempre uma vergonha do corpo, era como se purgássemos algum pecado feio, do qual já não se tinha consciência, mas que ainda nos afetava. A aproximação entre um homem e uma mulher, mesmo entre filho e mãe, era, para nós, um ato obsceno, por isso me irritava ver meu filho beijando insistentemente minha neta. Eu olhava zangado, mas não dizia nada. No contato entre um homem e uma mulher, não importa a idade que tenham, sempre há um fundo erótico. Foi esta educação que recebemos da mãe, que estava ali, no fim da vida. E eu não sabia o que fazer. Depois de colocá-la no banco traseiro do carro, colei meu ouvido em seu peito e percebi que o coração não estava mais batendo. Tinha morrido e não adiantava eu tentar nada. Então, derrubei brutamente meu rosto sobre seu peito, sentindo contra a face seus ossos e alguma gordura em que identifiquei sinais de um seio. Durante alguns segundos, deixei-me ficar castamente sobre seu seio murcho, o mesmo que me amamentou. Esqueci que ela estava morta, embalado por seu calor, um calor do qual nunca desfrutei. Só me restavam aqueles últimos minutos antes de seu corpo adquirir a frieza de cadáver e eu não perderia aquela quentura. Pela primeira vez na vida, desde que me lembro, aproximei-me de seu rosto e o beijei. Não fiz isso no desespero, mas meigamente, como a criança que se despede da mãe para ir à escola; portanto, como a criança que jamais fui.

Não houve uma lágrima derramada. Depois desta breve eternidade ao seu lado, larguei-a no carro e fui para dentro de casa ver o pai, que estava sendo atendido pela empregada. Quando entrei, ele chorava de cabeça baixa, um copo de água com açúcar na mão. A empregada me avisou que não estava querendo tomar. Levantou a cabeça, olhos vermelhos, e me disse que só se arrependia de ter traído a mãe quando ela esteve doente, anos atrás. Não tive pena. Falei, agora é tarde, a mulher do senhor já morreu.

Descobri naquele instante que sempre odiei o pai, apesar de nunca ter desrespeitado ele. Era um ódio tão grande que me fazia sentir pacificado, como se ele fosse o culpado pela morte da mãe, pela falta de carinho que sofri em toda a minha vida, pela sina de meu irmão caçula, que virou alcoólatra, por tudo. Calmamente, fui até o carro e trouxe o corpo da mãe de volta. Agora ele pesava, pesava muito. Com a ajuda da empregada, coloquei-o na cama e, sem olhar para trás, fui avisar os irmãos e providenciar o velório.

Para cada um dos irmãos dei a mesma notícia, sem tristeza nem espanto: a mãe de vocês morreu. Ninguém fez nenhum comentário. Fomos criados assim.

Estávamos esperando sua morte há mais de vinte anos, desde o dia em que fraturou a bacia e foi desenganada pelos médicos. Depois de cinco anos de tratamentos e três operações, ela, que tinha problemas no coração, voltou a andar. Embora demonstrando uma resistência muito grande, seu coração foi enfraquecendo. Mas nunca falamos da gravidade de sua doença. Sabia que tinha alguma coisa errada porque assim que manifestava um desejo fazíamos de tudo para satisfazê-lo. Logo nós, tão avessos a sentimentalismo. Olhando agora, vejo que fomos bons filhos. Quando reclamou da poeira que entrava no quarto, deixamos de comprar mais um trator e reformamos a casa de madeira de mais de trinta anos, até forro nós colocamos. Ela ficou satisfeita. Fiz um banheiro azulejado e pela primeira vez em toda a sua vida ela teve algum conforto. Não que antes não pudéssemos fazer isso, é que a mãe, que habituou a gente a viver na mais completa simplicidade, não apoiaria, em outras circunstâncias, qualquer coisa que fosse vagamente parecida com ostentação ou luxo. E para ela o mínimo conforto sempre foi luxo. O dinheiro que a gente ganhava virava mais terra, mais caminhão, mais maquinário. Foi nessa época que começamos a levá-la a Aparecida do Norte, duas ou três vezes por ano. Bastava dizer que tinha que pagar uma promessa e nós já estávamos na estrada. Comprei também um freezer porque ela disse que queria ter bastante gelo em casa, mesmo não gostando de bebida fria. Essa era a única maneira de mostrar para ela que a amávamos sem ferir o código que desde sempre nos guiou. O pai, que já não era muito tolerado por ninguém, passou a não existir nessas duas décadas de doença da mãe. Ficava esquecido como um fogão velho, em torno do qual ninguém mais se reunia. Era o traste da casa. Não tinha voz. Quando queria ir a algum lugar, pedia aos netos — que sempre se deram melhor com ele do que com a avó — ou ia de ônibus. Nunca reclamou, sabia que não contava.

Dois anos antes de morrer, a mãe, internada por fraqueza, teve um enfarto. O que valeu foi o médico estar passando pelo corredor na hora. Fui eu quem segurou os cabos do aparelho de choque. O médico contava até três e eu forçava os cabos contra aquele peito magro. Apertei tanto que, quando ela se recuperou, descobrimos que havia fraturado uma costela. Foram diversas tentativas até ela voltar a viver. A cada novo choque, eu apertava mais.

Desde então passamos realmente a esperar a sua morte, que estava mais perto do que nunca. Toda tarde os filhos se reuniam em volta dela e ficavam, a distância, fazendo o único carinho que aprenderam: respeitando, dando atenção, contando o que tinha acontecido durante o dia. Depois, cada um se retirava sem se despedir e eu ficava mais um pouco. Sempre fui o filho predileto, o que tirou a família da miséria, o que construiu a casa onde ela morava, o que arrumou a vida dos irmãos. Ficar mais com a mãe era uma forma de mostrar quem era o chefe da família.

O pai nunca decidia nada. Vagando pela chácara sozinho, cuidava de uma horta que sempre menosprezamos, alimentava porcos dos quais reclamávamos, limpava o pomar onde, por maldade, jogávamos os ferros velhos da fazenda. Desde os trinta anos eu havia tomado o seu lugar. Aceitou tudo em silêncio porque com ele a família só conheceu dias de miséria e dor. Resignara-se à sua condição de agregado, vivendo em paz sem nenhuma presença em nossos planos nem em nossos corações.

Passei o resto do dia cuidando dos preparativos do velório. Velório de interior, todo mundo sabe como é. Muita comida, bastante café e pinga. Fiquei com medo, mas o Moisés sequer chegou perto das garrafas que, por respeito à mãe, deixamos na varanda do fundo.

Foi um dia cheio para mim. Fazer as coisas era uma maneira de não me deixar abater. Fui à funerária, acertei na prefeitura o enterro, comprei flores, tirei o atestado de óbito, marquei a missa de corpo presente. Cuidei de cada detalhe como se estivesse fazendo um serviço comum. Sempre me orgulhei de ser um homem prestativo, trabalhador. Comecei vendendo frutas na feira e hoje tenho uma fazenda, que várias vezes já recebeu prêmios de produtividade. Tudo nas nossas terras funciona bem, mas não tenho um minuto de descanso. Mesmo com meus 58 anos, trabalho mais do que qualquer um de meus filhos, mais do que todos juntos. O cansaço para mim sempre foi uma coisa provisória, nada que não pudesse ser vencido por uma boa noite de sono. Em toda minha vida, nunca deixei de dormir por nenhum problema e me irritavam as pessoas, como minha mulher e meu filho mais velho, que ficavam vagando pela casa, remoendo suas preocupações. Tudo para mim era simples. Deixar acontecer, dormir bem e levantar cedo para retomar a vida, estivesse ela no pé em que estivesse. Com esta filosofia, mantive uma disposição que superou as doenças, os problemas familiares e financeiros. Não foi diferente com o enterro da mãe. Depois de providenciar tudo, passei a noite inteira acordado, atendendo as visitas, explicando o acontecido, dando informações sobre o passado da falecida, lembrando com velhos amigos algumas passagens que havíamos vivido juntos. Fui o anfitrião até o dia amanhecer. Cuidei da comida, da acomodação dos parentes que vieram de outras cidades, recebi os pêsames. Os outros irmãos ficaram num puxado nos fundos da casa, reunidos em silêncio. Eles sabiam que o papel era meu. Quando alguém os descobria no puxado, recebia, ao dar-lhes os pêsames, um olhar contrariado. Era como se o único filho fosse eu. Periodicamente eu os sondava, pois lhes havia proibido bebida. Tínhamos que manter o respeito. E foi em nome do respeito que, pela primeira vez, briguei com o pai. Mesmo não gostando dele, nunca o desobedeci. Isso a mãe também tinha ensinado para a gente. Mas não resisti à choradeira do velho, gritei que calasse a boca e parasse de agir como criança. Que o órfão era eu e não ele que nunca se importou com a mãe. Sem me olhar, foi até o quarto e se trancou. Alguns parentes de São Paulo estavam chegando, depois de uma longa viagem, e fui recebê-los. Nem perguntaram pelo velho. Eram do lado da mãe.

    Não vi as horas passarem, não fiquei perto do caixão, não acompanhei o corpo até a capela. Quando ele chegou eu já estava lá, esperando-o, anfitrião também na casa de Deus. Acompanhar o corpo e chorá-lo era tarefa das mulheres, os homens, tínhamos que ser fortes, pois a nós cabe tocar a vida, cujas engrenagens lubrificamos com suor. Não com lágrimas.

Até no cemitério fiquei calmo. A hora mais dura, posso dizer agora que não tenho mais nada para controlar nem temer, é quando se fecha o caixão. Tudo parece perder o sentido, há um silêncio brutal, embora ainda se ouçam os sons dos passos na terra, o estralar das folhas pisadas, o choro das mulheres. Antes da partida definitiva, todos foram se despedir da finada. Fui o primeiro. Apenas parei na frente da mãe, mãos cruzadas diante da cintura, e a olhei com um olhar frio, respeitoso — como deveria ser o olhar do filho mais velho naquele momento. Os irmãos logo me seguiram, sem tocar no corpo. Diferentes de mim, eles traziam os olhos vermelhos, machucados, de quem tinha chorado muito. Mas estavam também controlados, como mandava a situação. Depois, todos os presentes passaram diante do caixão, alguns tocaram nas mãos geladas da mãe, mas ninguém a beijou.

A maior bofetada que levei em minha vida foi o barulho da primeira pá de terra caindo sobre o caixão. Repuxei o rosto, atingido por aquele som oco, doído, que me tonteou. Comecei a piscar, mas a movimentação das pessoas que iam saindo me fez voltar ao meu estado normal. Algumas delas vieram dar a última palavra e, de repente, percebi que nenhum dos meus filhos tinha chegado perto de mim. Não precisei ser consolado.

Agora era voltar para casa, ver em que ponto eu tinha deixado a vida. Retomá-la com a mesma força, com o mesmo ímpeto, continuar trabalhando com mais gana, para preencher os vazios.

Sem nenhuma palavra sobre o assunto (para dizer a verdade, passamos algumas semanas mudos, cada um fazendo sua tarefa sem raiva e sem gosto), começamos a trabalhar até mais tarde. Não era preciso tanto esforço, escurecia e ainda estávamos em alguma parte da fazenda, tentando terminar um serviço que não tinha urgência. Logo tivemos que começar a inventar tarefas novas e insólitas. Dispensamos um dos funcionários e planejamos desmatar uma reserva que ficava à margem do rio. Não precisei dizer mais do que aqui a soja daria muito bem, a terra está descansada. No outro dia, Moisés (que havia parado de beber) colocou sobre a camioneta a motosserra, alguns machados e um velho traçador. Entramos na mata com muita energia, estávamos não só ampliando a área produtiva da fazenda, mas liberando de seu sono a terra fértil e virgem. Iniciávamos uma nova era do Gênese. E isso nos atraía. Primeiro, o rápido trabalho da motosserra. A emoção de ver a árvore pendendo. Cada árvore que caía era como um de nós, tombado no colo da mãe-terra. Depois de derrubada, a árvore começava a dar trabalho. Era cortar os galhos com o machado; para os mais grossos usávamos o traçador. A motosserra facilitaria tudo, mas isso era justamente o que a gente não queria. Com o machado, a coisa era mais cansativa. Depois de limpo, o tronco era dividido e arrastado até um lugar de onde o trator pudesse levá-lo. O desmatamento foi acontecendo aos poucos, para não chamar a atenção de algum ecologista, embora tudo já estivesse acertado. Tínhamos dado uma gratificação para o fiscal, que expediu uma guia de liberação para o corte das árvores, alegando tratar-se de mata sem valor. Se houvesse denúncia, um outro fiscal viria fazer a vistoria, constatando que não foram cortadas mais do que meia dúzia de árvores e nos aplicaria uma multa simbólica, exigindo o replantio de algumas dezenas de espécies nativas.

Mesmo assim, era bom ter todo o cuidado. Nenhuma madeira saiu da fazenda. As toras melhores foram para o pátio das máquinas. As sem valor comercial, amontoadas em um canto — depois, aos poucos, seriam vendidas como lenha. Durante dois meses ficamos lidando com o desmatamento. Época de entressafra, a lavoura toda mecanizada, com pouco serviço para nossa necessidade de trabalho. Noite fechada, chegávamos em casa exaustos. O banho refrescante, a comida quente, meia hora diante do noticiário da televisão e a cama macia. Foram noites de sono tranqüilo, como devem ser todas as noites dos homens que se esforçam. Insônia é para mulher e fracos, como o meu filho mais velho, dado a leituras.

Essa foi uma coisa que também nunca entendi. Estudei só até o quarto ano primário, tendo que trabalhar de engraxate todo o tempo da escola, mas soube ganhar dinheiro, aprendi a falar com homens importantes, fazer negócios com deputados e prefeitos. Meu filho, que estudou tanto — é, contra minha vontade, advogado —, não consegue trabalhar e nem sabe conversar com as pessoas. Fica em casa, lendo e dormindo de dia, por isso passa em claro as noites.

Para poder viver em paz eu gostaria que ainda houvesse mais matas, mais serviços duros. Foi nessa época que começamos a pensar em adquirir terras numa província paraguaia. Chegamos a fazer algumas viagens, constatando que a região ainda era virgem e carente de homens como nós, com sede de trabalho. Precisávamos de matas feito aquelas, fechadas, com árvores centenárias. Contra os troncos duros iam ser testadas nossas resistências. A compra, no entanto, acabou não dando certo. Havia problemas que não podiam ser resolvidos com gratificações e a gente não se arriscaria.

Quando terminou o desmatamento do último capão da fazenda, já era a época do plantio. E foram mais dois meses de tarefas contínuas. Na terra recém-aberta foi plantada soja, o que exigiu um minucioso trabalho de limpeza do terreno. O tempo ajudou. Na hora de semear, houve chuva na medida certa e as plantas cresceram no ritmo esperado. Quando há muita chuva, as raízes da soja não se aprofundam, ficando na superfície, preguiçosas, devido à água em abundância. Daí, qualquer solzinho mais forte põe a plantação a perder, pois as raízes não conseguem atingir a umidade que fica mais no fundo. As plantas secam a poucos centímetros da água. Por isso são indispensáveis as pequenas estiagens durante o crescimento, para estimular o trabalho das raízes.

E foi assim que aconteceu nesta última safra. Quando os pés já estavam com as vagens, começou um período de seca. Seca que aqui é sempre forte. Não havendo árvores na região, apenas campos mecanizados, o sol fica mais potente. Mas como as raízes não tiveram preguiça de buscar o fundo, a soja resistiu bem e produziu. Colhemos a safra com seca, o que ajudou a manter a produtividade.

Era abril e não havia mais nada para fazer na fazenda, começava mais uma entressafra. E, apesar de todo o esforço dos últimos meses, sentíamo-nos ainda com muita disposição. A falta de chuva continuava maltratando a natureza. O nível dos rios baixou, os pastos ficaram ressecados. Era triste andar ao som do capim estralando. Aproveitamos para revisar os tratores, as colheitadeiras e as plantadeiras. Lavamos e lubrificamos tudo.

Era a época em que eu tinha que inventar serviço. Meus irmãos se reuniam na chácara do pai e ficavam esperando. Entre uma e outra coisa, matávamos um porco. Pelar, abrir o corpo, fritar a carne e depois limpar a bagunça era, se feita lentamente, tarefa para um dia. À noite, o sono estava garantido. Assim fomos vencendo semanas. Eu tinha bastante ocupação nos negócios, na compra de insumos para a próxima safra, na reposição de peças. E fazia isso com muita devoção. É neste momento que se garante o lucro da safra. O bom agricultor é antes de tudo um negociante. Só saber trabalhar a terra não resolve. Em uma das idas à cooperativa, que fica em Campo Mourão, parei ao lado de uma marmoraria onde vi algumas placas de metal com datas de nascimento e morte das pessoas. Sem pensar, entrei na loja e fiz o pedido de uma para o túmulo da mãe.

Atendendo a um pedido dela, o túmulo tinha sido construído com a parte interna aberta, onde plantamos flores. Ela sempre disse que não queria sentir o peso de nada que não fosse a terra. Também não queria um túmulo caro. O que foi levantado é um pequeno cercado de alvenaria com uma cabeceira baixa. Revestimos tudo com as cerâmicas que haviam sobrado da época da reforma da casa. Achei que não havia nenhum mal em colocar o nome da mãe no túmulo, não seria um luxo nem um enfeite. Seria, na verdade, um gesto de respeito.

Na semana seguinte, peguei a placa em uma de minhas visitas à cooperativa. À tarde, sem ter o que fazer, pus a furadeira elétrica no carro e segui para o cemitério. Lá dentro, fui caminhando sem pressa, logo eu que nunca tive paciência nem para comer. Era como se não quisesse chegar. Até então eu só visitava o túmulo aos domingos, na volta da missa. Como era um dia de semana, não havia ninguém. O chão estava seco, os passos despertavam muita poeira, as árvores derrubavam suas milhares de folhas mortas que, ao serem pisadas, faziam o barulho de minúsculos ossos sendo quebrados. No túmulo, as plantas estavam esturricadas. Vendo apenas os caules ressequidos daquelas flores, senti como a mãe estava viva em mim.

Meio cambaleando, as vistas ligeiramente embaçadas, Esse maldito sol, fui até um dos postes e engatei a extensão em uma tomada. Voltei desenrolando o fio e, já agachado diante da cabeceira do túmulo, abri o embrulho de papel-jornal em que estava a placa, testei a furadeira e medi a posição exata dos dois furos. Com um resto de força pressionei a furadeira contra a cerâmica. Quando a broca atingiu o tijolo, houve um amolecimento da matéria e começou a minar água. Assustado, tirei a furadeira e vi que a água não parava de sair.

Soltei o corpo e, esparramado no chão, comecei a chorar. Chorei por vários minutos, como se fosse criança. Chorei tudo que eu não tinha chorado na vida. Chorei as lágrimas que engoli no enterro da mãe, chorei a saudade, sua falta. Chorei como órfão indefeso.

Quando consegui me recuperar, vi que, no buraco úmido, de uma umidade humana, havia uma última gota de água a pender triste daquele olho de barro. Recolhi as coisas e voltei para casa.

Não comi, não tomei banho, não assisti tevê. Embora o relógio já tenha há muito anunciado meia-noite, permaneço aqui na sala, as luzes apagadas, um sabor de sal nos lábios secos, sozinho, cansado, mas de um cansaço diferente daquele que sempre busquei.

De um cansaço para o resto da vida.

As xícaras

Chegou com uma caixa de papelão e senti pela mudança do ar que era uma caixa em que tinha vindo sabão em pedra e logo toda a sala estava invadida por aquele cheiro forte de produto de limpeza, embora ele viesse todo cuidadoso, segurando a caixa na altura do peito, com mãos leves e sem maior esforço, e quando colocou a caixa sobre o tampo de vidro da mesa nova, que refletia a luz do lustre, ele abriu as abas de papelão e iniciou um lento processo de desembrulhar pequenas coisas envoltas em jornais velhos. Lembrei do tempo de namoro, quando me enviava cartas desesperadas, e numa delas, justamente aquela em que tinha me pedido em casamento, declarava com orgulho que era o tipo de homem que trazia flores para casa, no fim do dia, e não um pacote de leite e pães, e eu, ingênua, acreditei naquelas promessas e logo estaremos fazendo 25 anos de casados.

Flores apenas no começo do casamento e em datas especiais, flores e um pote de sorvete, e passávamos alguns minutos juntos, depois que ele chegava do serviço, cansado, deixando pela sala sapatos, meias, cinto e, algumas vezes, todas as suas roupas, misturadas às minhas. Tinha trazido flores, que ficavam num vaso sobre a mesa, e havia o pote de sorvete napolitano esperando por nós no congelador. Esses presentes foram ficando cada vez mais raros e quando me deu, anos depois, um cartão de crédito, se sentiu totalmente desobrigado de trazer flores ou mesmo um pacote de leite, eu podia prover a casa, ele já não dispunha de tempo, os negócios no escritório aumentando, trabalho à noite, nos fins de semana, mas aos domingos sempre me leva para almoçar fora, em um restaurante aqui de Santa Felicidade, bebe mais do que pode, eu preciso muito perder a consciência por uns instantes, come as coisas mais absurdas, em grandes quantidades, e depois dorme a tarde inteira, momento em que aproveito para as caminhadas pelo Parque Tanguá, onde sempre vejo jovens casais tão cheios de assunto.

As folhas de jornais estavam amareladas e isso causou um contraste com a porcelana branca da primeira xícara que ele desembrulhou, segurando-a no alto com a mão direita e mostrando para mim, sem dizer nada mas querendo dizer olhe como é bonita. Contra a luz, eu podia ver a unha do dedo indicador dele, através da porcelana, de tão fina, o que talvez justificasse o entusiasmo deste quase velho que, nos últimos tempos, tinha adquirido o hábito de comprar coisas em antiquário, por mais que eu preferisse móveis e objetos novos, o que tomei como um de seus projetos inconscientes para me contrariar. O colecionador de quinquilharias tinha surgido depois do casamento de nossa filha, quando construímos esta casa aqui em Santa Felicidade, deixando o apartamento na avenida Batel, com a desculpa de que logo teríamos netos e que eles precisariam de muito espaço para brincar. Os netos não vieram, nossa filha logo se separou, hoje mora em Portugal, e a casa espaçosa se tornou um problema, que ele tenta resolver comprando objetos antigos para encher de vida esta habitação sem história. Em nosso quarto, descansa um guarda-roupa Império, com suas linhas retas, madeira clara e puxadores enferrujados. No gavetão, guardamos álbuns de fotos, cartas esquecidas, lembranças de gente morta e mais uma porção de coisas sem nenhum valor. Na parte de cima do guarda-roupa, apenas umas blusas de meia-estação, nossas roupas ficam no closet, com o imenso espelho na porta, em que vemos nossos corpos já meio estropiados, tão impróprios para os entusiasmos do amor. Em cada cômodo, um móvel antigo, um quadro comprado em leilão, um bibelô envelhecido, todos trazendo para dentro de casa seus fantasmas mas também histórias não pronunciadas. No lavabo, pendurou um espelho esfumaçado, do começo do século, moldura excessiva, que, conforme o ponto em que nos posicionamos, revela pequenas máscaras na superfície. Com as visitas, principais freqüentadores do lavabo, ele sabia ser sutil, deixando aquele cristal oxidado, que quase já não refletia o que se punha diante dele, vivendo totalmente voltado para seus bolores. Para nós, o espelho da altura do corpo na porta do armário, e quando me vejo nua, depois do banho, escolho rapidamente as roupas.

    Várias xícaras ficaram sobre a mesa, xícaras brancas, com um filete dourado na borda, e a luz do lustre, caindo diretamente sobre o dourado, desperta um brilho alegre. Movida por esta luz, me levantei do sofá, deixando na mesa de centro a revista que estava folheando, e me aproximei dele para perguntar onde tinha comprado aquele jogo de chá. Ele estava terminando de desembrulhar a manteigueira e não respondeu minha pergunta, colocou a tampa sobre a parte de baixo e começou a falar de quando tinha seis anos e sua mãe ganhou um jogo de chá por ter completado a página de um álbum de figurinhas. Recortou a folha e foi com ele à loja buscar o prêmio, toda contente, os dois na volta passaram numa sorveteria e ele pediu sorvete de abacaxi, a mãe carregando a caixa pela rua, aquela maravilha matinal. Toda noite o pai chegava com vários envelopes de figurinha para completar o álbum, vinha tarde e bêbado, deixando os pacotes sobre a cômoda e ele se lembrava que eram vermelhos, vermelhos ou bordôs, não tem bem certeza, e a mãe, na manhã seguinte, abria os pacotes, colava as figurinhas que ainda não tinha e guardava numa gaveta as repetidas, que tentaria trocar com a vizinha. Numa manhã completou a página do aparelho de chá e ficou tão contente, nunca antes tinha ganhado nada em nenhum tipo de jogo, que nem esperou o marido acordar, ele sempre levantava tarde, correu buscar o prêmio, a folha destacada na mão, que ficou com o vendedor. Quando o pai acordou, perto do meio-dia, viu as xícaras, as outras peças e a alegria no rosto da mãe, que logo virou preocupação porque o pai pegou o álbum e descobriu que o verso da folha era a página que dava como prêmio um carro, e faltavam apenas duas figurinhas e ele só colecionava aquilo porque queria ganhar aquele carro e chamou a mulher de burra, rasgando o resto do álbum e saindo de casa sem almoçar. A mãe chorou a tarde inteira e quando ele voltou, de noite, bêbado e feliz, trazia novo álbum e uma quantidade imensa de envelopes, eram bordôs, ele tinha agora certeza, eram bordôs. Na manhã seguinte, o pai acordou cedo e todos juntos abriram os pacotes e ele ainda se lembra, passados tantos anos, do cheiro da cola branca e dos pedacinhos de papel caídos no piso da cozinha. Meses depois, quando a mãe, nervosa por alguma coisa, quebrou uma das peças daquele jogo, o pai brigou, dizendo que além de burra ela era desleixada e a mãe chorou mais ainda do que quando ele brigou por causa do álbum e daí praguejou com raiva que ele nunca mais ganharia nada na vida. Só estava se referindo ao jogo, mas a praga pegou em tudo e o pai logo faliu, tendo que vender até a casa, para alguns anos depois morrer em um acidente de carro, um carro que ele tinha comprado a prestações.

Agora terminou de desenrolar um bule alto, e eu, já sentada em uma cadeira, perguntei de novo onde ele tinha achado aquelas peças, mas ele virou uma das xícaras para me mostrar, na parte de baixo, o local de origem, *Bavaria*, dizendo elas devem ter sido feitas antes de 1918, quando a Bavária passou a fazer parte da República Alemã, perdendo sua autonomia. E agora temos peças de um país que não existe mais e veja como estão perfeitas estas xícaras, parece que nunca foram usadas, eram de uma velhinha judia, tinham ficado para a filha e esta, quando vendeu a casa dos pais, não quis levar nenhum móvel para o apartamento e tudo acabou no antiquário.

Ele já estava sentado, olhando com carinho aquelas peças. Não tinha nenhum divertimento, não saía com amigos, não ia a bares, lia alguns livros, os que eram indicados nos jornais, pois só se importava com os assuntos do escritório de advocacia. Depois da mudança para a casa começou a percorrer lojas de móveis antigos em busca de coisas interessantes, e pensei que era um hobby passageiro, como tinha acontecido com os bonzais, ele ficava horas na varanda do apartamento cuidando das arvorezinhas, podava, podava, cortava raízes, trocava terra dos vasos e em pouco tempo nenhuma sobreviveu e daí ele não quis mais saber de plantas. Depois foi a época dos vinhos: livros, viagens, degustações, compras e a construção da pequena adega, adaptada num canto da sala, mas ele não gostava de beber vinhos, preferia caipirinha de vodca e cerveja, e os vinhos não vieram para esta casa, antes da mudança, ele foi dando para os amigos e para a empregada, que um dia disse que não queria mais os vinhos, que na casa dela ninguém suportava aquelas bebidas brabas — e nós rimos — que eles gostavam só de vinho doce.

O entusiasmo pela coleção de coisas antigas não tinha diminuído e ele estava tão animado com as xícaras que fui à cozinha, peguei um pano e um litro de álcool para limpar aquelas peças. Assim que comecei o serviço, tomou o pano de minha mão, rasgou-o no meio e, juntos, molhando os dois pedaços a cada momento, fomos limpando cada reentrância com todo o cuidado.

— Como teria sido a velhinha que guardou estas xícaras por tantos anos? — ele fez a pergunta olhando para a asa de uma delas, de onde, com a ponta do guardanapo, tentava tirar uma manchinha quase invisível.

— Devia ser dessas que perderam a família num campo de concentração e que depois passaram a vida inteira zelando pelo passado.

— E agora uma parte deste passado está com a gente.

— Melhor assim, não é?

— Acho que sim, mas nós temos uma responsabilidade, uma coisa anônima, que a gente não sabe bem o que é, mas que a gente tem que manter viva.

— Por que algumas pessoas abandonam as sobras do passado?

— Não sei — ele disse e depois de um silêncio: — o passado não pertence aos herdeiros legítimos, mas a quem quer herdar.

— Você comprou por serem de uma judia?

— Não, eram tão bonitas e vinham de uma pátria morta.

— A gente está falando na velhinha como a dona das xícaras. Mas você já pensou que a verdadeira dona das xícaras era uma moça, que talvez este tivesse sido um presente de casamento, guardado com tanto cuidado por ser algo especial?

— Eu estava pensando justamente nisso, não é engraçado?

— A moça envelheceu na companhia sempre jovem e dourada das xícaras.

— Talvez nunca tenha usado nenhuma delas. Eram apenas decoração. Senão já teriam se quebrado.

— Pode ser. Onde vamos colocar? Aqui no balcão?

— Pensei em deixar na mesa de centro. Não temos mais crianças, não há perigo.

Então descobri uma xícara com uma minúscula rachadura, pequena e levemente cinza, que só era percebida bem de perto. Mostrei para ele, que a pegou de minha mão, com mais cuidado do que dispensava para as outras. Estudou toda a peça, com preocupação, lembrando que o vendedor havia garantido que estavam perfeitas e que ele pagou caríssimo pelo estado de conservação e que iria reclamar. Ficamos em silêncio, ele deixou a xícara sobre a mesa, a luz despertava reflexos no ouro das bordas, eu peguei mais uma para limpar e então ele começou a esfregar o pano na que estava trincada.

— Não vai comprometer nada, esta trinca é muito velha, talvez mais velha do que nós dois. E não vou devolver o jogo só por causa disso.

Depois de meia hora de serviço, terminamos a limpeza, arrumamos as xícaras na mesa de centro, tirando umas peças de aço escovado, e fomos para a cozinha comer um sanduíche de broa preta e queijo branco, com uma caneca de café com leite.

Dormi rapidamente aquela noite, enquanto ele ficou vendo tevê no quarto. Eu estava num casamento, levava para a noiva uma caixa embrulhada com papel bordô e laço vermelho, era uma moça linda, baixinha e clara, seios grandes estufando o vestido branco. O noivo tinha olhos escuros e me beijou quando dei para eles o presente, mas me beijou na boca, um beijo que tinha um gosto que eu conhecia, mas que não conseguia definir. Era um beijo longo, que só parou quando ouvi o barulho de louças se despedaçando no chão, olhei para o lado e vi que a noiva abrira meu presente e quebrava as xícaras de bordas douradas contra o piso. Uma atrás da outra. Eu me aproximei bruscamente e, tirando-lhe a última peça intacta, a manteigueira, saí da festa correndo com aquilo na mão, morrendo de medo de trincar suas bordas com a força de meus dedos. Acordei com a mão direita fechada, os dedos ardendo. Depois, fiquei um longo tempo pensando na moça que tinha sido a dona das xícaras, imaginando todas as histórias possíveis. O marido teria morrido num campo de concentração. Não, talvez tivessem fugido antes e passaram a vida juntos. Ele tinha sido um bom companheiro e morreu velhinho. Ele a traía e não se importava nem um pouco com ela. Ela sim é que era ruim e adorava importunar o marido, que já tinha sofrido tanto. Minha cabeça começou a queimar, não queria mais pensar naquelas histórias, nos sofrimentos e nas alegrias de quem tinha, um dia, recebido de presente (mas quem disse que foi um presente?) aquele jogo de chá. Não, não ia mais ficar pensando nisso.

Levantei e fui até a escrivaninha do quarto, acendi a luminária, sentei na cadeira e fiquei riscando um papel. Ele dormia em paz. Quantas vezes já tinha me traído? Muitas, com certeza. Levantei e abri o gavetão do guarda-roupa Império, com a pouca luz da luminária foi difícil achar o que queria, o velho maço de cartas trocadas durante o namoro, quando ele morou em São Paulo, para fazer um curso de especialização em Direito Trabalhista.

As cartas estavam amarradas com um barbante, na ordem em que foram enviadas, as dele e as minhas. Fui lendo uma por uma, como era doída aquela ausência, e ele vinha a cada 15 dias, eu esperando-o na rodoviária, o gosto maduro do beijo na boca, guardado por duas semanas. Depois ficávamos juntos quase todo o tempo, a família dele reclamando e, na segunda, quando chegava em São Paulo, já escrevia a primeira carta da semana. Cada dia mandava uma. Na sexta-feira, antes de viajar, enviava um cartão, que eu só recebia na terça, depois que ele tinha ido embora. No meio das cartas encontrei uma cartela de bingo, estava com os números riscados, faltavam apenas dois. Não me lembrava desta cartela e nem do porquê de ter sido guardada. Virei-a e, no verso, li a anotação, na letra redonda que ele tem até hoje, descobrindo o que aquilo significava: *hoje completamos um mês e 11 dias de namoro,* e o nome de nós dois. Que dia seria e de que ano? Eu já não me lembrava da data do início do namoro e estava ali, naquele papel azul, um tempo em que o amor era marcado e comemorado pela unidade diária. Quarenta e um dias. Quando paramos de comemorar os anos de namoro? Nós nos conhecemos em meados de 1973, ele com cabelos compridos e cacheados, calça jeans boca-de-sino, costeleta comprida e bolsa de couro pendurada no ombro. Não ficou nenhuma foto, mas me lembro da cor da camisa, do sapato e do que ele falou, quando me procurou, na cantina da faculdade, a tua pele parece de porcelana, e passou as costas dos dedos, delicadamente, em meu rosto. No dia seguinte já estávamos namorando.

Apaguei a luminária e fui para a cozinha, preparar um chá. Não dormiria mais, de tão angustiada. Fiz um chá de camomila e estava esperando esfriar quando ele entrou, a cara amarrotada, olhos meio fechados, cabelos desfeitos, perguntando se eu tinha perdido o sono. Não respondi e perguntei se ele queria chá. Bocejando, balançou a cabeça afirmativamente. Ia abrindo o armário para pegar umas canecas que uma amiga me trouxe de Londres, mas parei o movimento e fui para a sala, voltando com duas xícaras da Bavária. Lavei-as com a água quente da torneira, sem muito cuidado e com bastante detergente. Coloquei as duas na mesa de lanche, o açúcar quase desapareceu no branco do fundo das xícaras, despejei o chá e ele disse que era o chá que a mãe dele fazia na sua infância. Não mexemos para dissolver o açúcar e tomamos juntos o primeiro gole. Então vi a trinca cinza na xícara dele.

— Você ficou com a xícara estragada.

— Não faz mal — ele disse, e bebeu mais um gole.

Dias de chuva

Desço do táxi em frente a uma casa de madeira. No portão, um cachorro me recebe coçando as pulgas. Antes que comece a bater palmas, uma velha abre a porta que dá para uma varanda de piso bruto e pergunta se sou o jornalista da capital.

Digo que sim.

— Entre que vou avisar o João.

A sala não tem sofá, apenas cadeiras de palha. Na parede, uma foto antiga de casamento, com a moldura oval e escura. O mesmo chão áspero da varanda por toda a casa. Apesar da precariedade dos móveis, sobressai a limpeza, intensificada pelo sol da manhã que passa pelas janelas sem cortinas. A casa não tem cor, mas as paredes foram lavadas e está tudo em ordem. Eu me sinto meio ridículo com o tênis novo e o gravador moderno.

Distante, ouço uma música de cordas, executada com entusiasmo. A música aumenta de volume, talvez por causa de uma mudança de ventos. Ela não vem da casa, mas dos fundos, onde deve haver algum puxado.

— Vá lá e entreviste o velho músico que fabrica violinos — me disse o editor.

E aqui estou para fazer uma matéria que vai sair num canto qualquer do jornal. Gostaria de estar cobrindo o Free Jazz, mas tive que viajar 600 quilômetros para conversar com um marceneiro com veleidades musicais.

A mulher me chama da porta da cozinha. Saio da casa sob um sol que se reflete no chão do quintal, duro de tanto ser varrido.

Logo estamos em uma meia-água. Há um perfume suave de poeira no ar, o mesmo perfume que aparece quando as primeiras gotas de chuva apagam o pó depois da estiagem. É um odor adocicado, primitivo, que agrada meu estômago. Esse cheiro se mistura a outro, mais forte, que deve vir de alguns pedaços de pinho esquecidos sobre uma bancada.

Corro os olhos pelas paredes, estão cobertas de ferramentas, parafusos, madeiras. Num canto, uma prateleira alta com violinos prontos e outros inacabados. Abaixo, uma cama, onde o velho está sentado. Os cabelos, o bigode e as sobrancelhas brancas, da mesma cor da camisa, contrastam com a pele queimada de João Siciliano. Ele tem mãos trêmulas, magras e ásperas, mas seu aperto é forte. Sento a seu lado, enquanto a mulher volta para a casa, fechando a porta. Não há luz elétrica na oficina, mas as frestas das tábuas e um vão livre no telhado deixam tudo claro.

Depois de algumas palavras iniciais, o gravador começa a trabalhar.

— Aqui passo a maior parte de minhas horas.
— E como vai a saúde, seu João?
— Tem me deixado viver. Mas o que é mesmo que você quer saber?
— Meu jornal vai publicar uma matéria sobre a vida do senhor.
— Minha vida pode ser resumida em uma única frase: nasci músico, mas com uma enxada na mão.
— O jornal quer mais detalhe, seu João.
— É só perguntar que vou respondendo.
— Como o senhor começou a se interessar pela música?

Ele não olha para mim, mas para o chão. Deve estar entrando no terreno distante da memória. Depois de alguns segundos, começa a responder, ainda com os olhos baixos.

— Na minha casa, todo mundo era lavrador. Nasci em 21, numa família pobre. O pai teve dez filhos e todos, até as mulheres, foram cedo pra roça. Com seis anos já estava trabalhando nas lavouras de café no interior de São Paulo. Não pense que eu era sacrificado. Todas as crianças pobres trabalhavam naquela época e não havia vergonha nisso. A gente achava normal. Na lavoura, eu me encantava com os pássaros, com quem aprendi música. Como não sabia cantar, peguei uma casca de peroba e, com um canivete, apenas nas horas de folga, fiz um instrumento que produzia som. Tinha então um brinquedo. Todo mundo ficava admirado e o capataz da fazenda falou pro pai que eu devia estudar. Mas como um homem pobre pode ajudar um filho a ser artista? Bem que tentei fazer pelo menos o primário, mas depois de seis meses tive que desistir. A escola era longe e havia muito serviço. O pai precisava de minhas mãos no cabo da enxada.

— O pai do senhor foi um inimigo?

— De onde você tirou essa idéia? Alguém que trabalha o dia inteiro pra nos dar de comer vai querer nosso mal? O pai era um homem bom e devo muito a ele. No meio do serviço, cantava e divertia todo mundo.

— Quando é que o senhor comprou o primeiro violino?

— Nunca comprei um violino.

— Não?

— Eu devia ter oito anos. Apareceu na fazenda um vendedor ambulante com um violino de bambu. Ele tocava pra despertar o desejo da gente. Fiquei olhando e depois peguei o instrumento e vi como era construído. Quando o vendedor foi embora, fiz meu primeiro instrumento com uns gomos de bambu e uma corda. Só de ouvir a música, eu aprendi.

— Desde pequeno o senhor foi um músico de verdade?

— No interior, a gente amadurece devagar. A gente sabe menos coisas, demora mais para receber as informações. Mas, em compensação, o que a gente aprende é pra sempre. Fiquei anos tocando violinos de bambu. Quando um estragava, fazia outro, ouvia uma música só uma vez e pronto, ela não saía mais da cabeça. Só com trinta anos, depois de ajudar o pai a criar os filhos mais novos, fui morar em São Paulo.

— Foi então que se tornou músico?

— Sempre fui músico. Só que para mim as coisas foram demoradas. Se você tem dinheiro, você entra numa escola e aprende a tocar. Se não tem, você acha umas horas de folga e começa a fazer seu próprio instrumento. Daí você usa o que está por perto. Até hoje, só faço violino com madeira da região. Aqui em Peabiru ainda tem algum pinheiro. Escolho a melhor parte da árvore e uso crina de cavalo para as cordas.

— Quando é que o senhor pôde se dedicar à música?

— Estou com 81 anos e nunca me dediquei só à música. Veja aí — ele aponta para as prateleiras —, tenho muito serviço. Faço violino, conserto o que está estragado, reformo. Recebo encomendas de toda a região.

— Em São Paulo o senhor não estudou?

— Fui para São Paulo atrás de emprego. Trabalhei de torneiro mecânico e depois de marceneiro. Sempre tive habilidade com as mãos. Mesmo agora, quando estão velhas, tiro minha alegria delas. Em São Paulo, eu ganhava apenas pra viver, mas à noite comecei a estudar com o maestro da Orquestra Sinfônica do Estado, como era mesmo o nome dele? Agora não sei, mas já me lembro. Estudei enquanto deu, mas ninguém quer um músico que não fez escola. Eu aprendi bastante de música, mas só conseguia ganhar a vida com o serviço que minha mão fazia, nunca do som que ela produzia. Eu sonhava em só trabalhar na orquestra, mas não podia me dedicar com regularidade e já estava meio velho. Em São Paulo, sobrava pouco tempo para fazer coisas importantes, então decidi vir para cá.

— Por que o Paraná?

— Minha mulher é daqui. Mas em Peabiru não tem orquestra. Toquei um tempo na de Londrina, a prefeitura pagava um salário mínimo, que eu gastava com ônibus. Quando cortaram o pagamento, resolvi desistir de tocar em público.

— O senhor acha que há pouco incentivo para a música?

— Passarinho precisa de incentivo? Isto é algo que está dentro da gente. E sou grato.

— Já pensou em parar de tocar?

— Nunca.

— Ficou alguma mágoa?

— Do quê? Tenho uma casa pra morar, minhas ferramentas, este dom e muitas horas livres. Ao contrário do que todo mundo diz, envelhecer é bom. Você abandona os planos e vive a realidade. Antes eu queria estudar bastante, aprender o máximo para viver da música, então trabalhava mais e mais para melhorar de situação. Quando vim para cá, com quase 60 anos, fiquei livre de tudo. Trabalho quando quero, toco quando quero.

— Não sente vontade de compartilhar com o público?

— Já senti, quando precisava saber se era realmente músico e não apenas marceneiro. Mas isso passou. Estas coisas a gente faz é pra gente. E estou em paz. O que quero é saúde pra tocar até o último momento. Se isso acontecer, serei um homem abençoado.

— O senhor sabe dizer a razão de tocar violino?

— A música enche os vazios. Ela também me deixa em paz com tudo, me cura. Vivi tanto tempo porque queria continuar tocando.

— O senhor não gosta da infância?

— Gosto, tenho saudades de meus irmãos, todos já mortos, e de meu pai. Mas tenho também muita saudade dos dias de chuva. A gente podia ficar em casa e eu então me escondia no paiol para tocar. Agora todos os meus dias são de chuva.

Talvez por causa do esforço de ter falado muito, talvez pela emoção, João Siciliano começa a tossir. Eu não faço mais nenhuma pergunta. Fico olhando aquele corpo fraco e ao mesmo tempo esbanjando força. Não sei se a energia que sinto vem da oficina, de seu cheiro primitivo, do sol que entra pelas frestas, ou das palavras do músico. A mulher abre a porta e diz que tenho de ir, ele não poderá mais falar por um bom tempo. Saímos.

— Ele guarda alguma mágoa?

— Nunca reclamou de nada. Nem por não ter tido filho. Põe isso lá no seu jornal.

A despedida se dá na porta da cozinha. O cachorro corre entre minhas pernas. Tenho algumas horas de viagem de ônibus pela frente. Era para estar cansado. Não estou. Alguma coisa havia acontecido. Eu não sabia bem o quê. Mas era algo bom. E grande.

Antes de abrir o portão, ouvi novamente a música do violino, que me acompanhou enquanto me afastava.

Olhei o céu. Não havia sinal de chuva.

Cabeleira

Meu pai, ainda chorando, me disse vá e corte o cabelo. Tentei ficar com ele mais algum tempo, embora continuasse repetindo vá e corte o cabelo. Mesmo de olho fechado ou arrumando as flores do caixão ou trocando as velas gastas ou comendo pão com carne moída e tomando café frio ele só repetia vá e corte o cabelo. Durante a noite toda eu ouvi esta ordem sem poder cumpri-la. Tive que esperar o dia nascer para encontrar alguém que estivesse disposto a tosar meus cabelos loiros e encaracolados que desciam até perto da cintura. O pai dizia que meu cabelo tinha o tamanho do sofrimento da mãe e que era hora de cortá-lo bem curto. O mais curto possível. Acredito que ele queria que eu rapasse a cabeça, não deixando nenhum vestígio desta obscena cabeleira, como dizia minha avó.

Eu também queria acabar com ela, pois todo mundo se divertia com meu aspecto. Os poucos amigos me chamavam de maricas e isto fere muito a gente. Papai tinha consciência de que eu estava sofrendo por algo que não era responsabilidade de ninguém e ficava triste.

Foi então que ele me disse, enxugando as lágrimas com as fraldas da camisa, vá e corte o cabelo bem baixinho, meu filho. E eu esperei até amanhecer, porque não havia ninguém que pudesse cortá-lo. Mas o pai não compreendia esta diferença entre dia e noite, só desejava que eu cortasse o cabelo e então dizia, entre bravo e desanimado, vá e corte, e eu não podendo, por algum tempo, fazer aquilo que mais desejávamos.

Quando mamãe ainda tinha forças, eu me sentava em sua cama e ela, recostada em almofadas, me penteava. Nessas horas, era bom ter tão vasta cabeleira que necessitava de cuidados e carinhos. A mãe, de certa maneira, se sentia culpada pela deformação de meus traços masculinos. Eu nunca tinha ido à escola, mesmo já tendo doze anos, para não ser motivo de gracinhas. Uma prima mais velha me ensinou a ler e escrever em casa. Mesmo assim, sempre havia alguém para importunar.

Foi então que o pai disse vá, menino, e corte essa porcaria que não resolveu nada. Enquanto o dia não clareava, tive que ouvir a mesma ordem, como um disco que repete uma única faixa. Quando as pessoas vinham lhe dar os pêsames ou perguntar sobre os preparativos para o enterro ou se informar sobre a localização do banheiro ou pedir maiores detalhes sobre a morte ou exigir que se consolasse, o pai apenas repetia, mesmo que eu não estivesse por perto, vá e corte, ou, esse cabelo é o sofrimento dela e você não tem o direito de me fazer lembrar de tudo novamente, ou, vá, corte este emaranhado de dias e dores.

O pai não entendia que para mim os cabelos longos tinham um duplo sentido — recordavam os sofrimentos mas também o carinho de mamãe. Eu queria cortar, apesar de não sentir raiva deles — apenas vergonha.

Foi então que o pai, com a boca cheia de pão, me disse vá e corte essa merda. Ao dizer estas palavras, notei que estava com vontade de arrancar meus cabelos com as mãos. Saí de perto e fiquei ouvindo a mesma frase até que o dia amanheceu e eu enfim pude cortar o cabelo.

Minha mãe só teve um filho e, quatro anos após meu nascimento, ficou muito doente, desenganada pelos médicos. Tentaram de tudo e por fim recorreram à fé. Papai fez uma promessa a não sei que santo: meu cabelo não seria cortado até que ela sarasse. Era uma maneira de sacrificar o filho, como nas sagradas escrituras — me disseram.

Foi por isso que meu pai, quando mamãe morreu, oito anos depois da promessa, me disse vá e corte o cabelo, agora não precisamos mais de seu sacrifício. O pai não sabia dizer outra coisa, somente a mesma ordem que eu não podia obedecer, pois era noite, e ele, sem entender, ficava remoendo aquele estribilho levemente alterado.

Não se importou comigo, não me fez nenhum carinho enquanto estive no velório. Acho que queria se afastar de mim. Pra ele, eu era a assombração de mamãe. Por isso dizia vá e corte, tentando fazer com que eu desaparecesse de sua frente.

Quando o sol nasceu e o comércio abriu, fui ao centro arruinado de Peabiru, passando sobre a imensa valeta que cruza a avenida principal. Entrei no pequeno salão e me sentei na cadeira. O barbeiro trabalhou com rapidez, enquanto eu olhava os cachos pelo chão. Resolvi pegar um e pôr no bolso (é aquele que guardo na caixinha, dentro da gaveta da cômoda). O resto podia ser jogado fora.

Descobri, através do espelho, uma outra pessoa que se escondia sob minha cabeleira.

Na volta, vim caminhando de uma forma diferente e até cheguei a assobiar uma música da moda, como se eu, transformado e desconhecido, não tivesse nada a ver com o que estava acontecendo.

Foi então que, me vendo de cabelo curto, meu pai me abraçou e me beijou, dizendo que bom que você veio. E, sentados diante do caixão, ficamos olhando para mamãe, também ela sem seus lindos cabelos, caídos depois do tratamento.

Sabor

Ainda estava escuro quando ele entrou no quarto dos meninos, a xícara de café na mão esquerda, acendendo a luz com a direita. O caçula, que dormia na cama ao lado da janela, esfregou os olhos e ergueu os acolchoados de lã de carneiro, o pai sentiu o cheiro ardido de urina velha. Ele já não fazia mais xixi na cama, mas o colchão ainda guardava o odor ácido por mais que a mãe o tivesse deixado no sol. Os outros dois meninos ocupavam o beliche tingido de marrom e o do meio, que dormia na parte de baixo, nem se mexeu, protegido pela sombra da cama de cima. Só o mais velho se sentou.

— Hoje não vão para a escola.

O pai bebeu um gole de café, assoprando a xícara, e foi descobrir o do meio. Ouviu-se a clarinada de um galo no quintal. Os meninos atenderam a ordem de levantar sem que o pai dissesse mais nada. Colocaram os pés nos chinelos de dedos que ficavam ao lado da cama, tiraram o pijama de flanela costurado pela mãe e vestiram roupas frias, apesar da blusa de gola rolê, todas as três iguais, só a cor variando.

Quando o mais velho jogou água no rosto sentiu um arrepio na espinha, mas perdeu o medo da água e aproveitou para molhar também o cabelo, facilitando o trabalho do pente. Por mais que penteasse, fios de água escorrendo pela gola, sua cabeleira continuava revolta, as mechas se recusando a ficar lisas no penteado para trás, imitando o do pai. Escovou os dentes enquanto o caçula mijava, a fumaça levantando da patente. O do meio apenas jogou água no rosto e se enxugou com a toalha meio úmida pendurada no prego atrás da porta.

Reuniram-se na mesa da cozinha para tomar café. Ainda não eram seis horas, a primeira claridade quebrava a escuridão da madrugada. Um ou outro caminhão carregado de gente passava na rua. A mãe também estava com os cabelos úmidos, uma blusa de lã e calça de malha. Todos tinham os pés meio roxos nos chinelos gastos, desbotados de tão limpos, fervidos todos os dias na mesma lata em que a mãe fervia os panos de limpar chão.

O pai tinha saído para o fundo e se ouvia o barulho de faca sendo afiada na pedra do tanque. Nenhum dos três reclamou e o mais velho se sentia alegre, não precisaria ir para a escola e teria um dia cheio. Comeu a fatia grossa de pão com manteiga, bebendo café com leite, e correu para o fundo.

Um tacho de água estava num fogo improvisado ao lado da jabuticabeira. A mesa da área do fundo tinha sido colocada perto. O pai lidando com três facas, uma com a lâmina tão gasta que parecia um punhal, mas um punhal imenso. Logo chegou o irmão do pai, que também não usava blusa.

Todos os homens se recusavam a pôr qualquer tipo de agasalho, mesmo quando geava, e esse era o jeito da família.

Assim que o tio chegou, o pai deixou as facas de lado. A mãe veio com uma xícara de café e deu para o cunhado, que saiu bebendo, rumo ao chiqueiro. Deixou a xícara já vazia num toco e entrou com o pai no cercado onde havíamos criado um porco com os restos de comida. Os dois homens encurralaram o animal, um segurou na cabeça e o outro puxou as patas de trás, e logo ele estava sendo transportado aos gritos para umas tábuas colocadas no chão. O pai não precisou falar nada, o mais velho chegou com a faca pontuda. Os outros meninos rodearam os que imobilizavam o porco. As crianças já tinham visto isso outras vezes, a habilidade do pai era uma coisa que dava gosto. Com o joelho esquerdo na cabeça do porco, o pé direito pisando a perna de baixo, o pai ergueu a outra perna e naquele corpo cinza e sujo surgiu uma parte clara no encontro do pernil. O tio tentava controlar os coices do porco, que gritava gritava gritava, sufocado pelo joelho do pai.

— Quem estiver com dó fuja já daqui.

Os meninos calmos. Os primeiros raios de sol brilhavam na faca que o pai apontou no peito do porco, bem embaixo do pernil da frente. Foi uma estocada só, o porco gritou agora com toda a força. O pai deixou a faca no peito dele, a sangue escorreu aos borbotões, sujando as tábuas. Nesta mesma hora, o porco começou a fazer cocô. O mais velho olhava o sangue que saía junto da faca. O porco gritava. E o pai dava tempo para que morresse, mas ele não morria. O tio fez uma gracinha com o pai, perguntando se ele não tinha bebido alguma coisa para firmar o pulso.

O pai tirou a faca e a enfiou de novo, só que um pouco mais para o centro do peito do porco. Ouviu-se o barulho de um osso e a faca não foi para frente. Tentou mais uma vez, a lâmina entrou, mas o bicho gritava ainda mais, sangrando e cagando sem parar. O pai mexeu a faca no peito dele, cutucou para todos os lados, tentando achar o coração. Mas o porco não morria.

— Quem está com dó do porco? — gritou.

— Eu não — os três responderam.

Na calça do caçula apareceu uma roda de xixi e ele tinha os olhos paralisados. Não de medo. De emoção. Sempre o pai matava o porco na primeira estocada, agora o animal sofria. Apesar do frio, a testa do pai estava molhada, o porco era grande e a posição incômoda. O mais velho sim tinha os olhos cheios de lágrimas. Antes o porco morria rápido, não dava tempo para sofrer, para aquela judiação.

Era ele que levava comida ao chiqueiro todos os dias e ficou se lembrando do olhar do porco quando despejava a lata de lavagem no cocho. Depois o porco não ligava para ele, o focinho revirando a comida azeda, mas tinha tido um olhar de carinho. Na escola, os crentes diziam que porco era imundo. Como, se a carne era boa, muito boa? E eles tinham um olhar terno, pelo menos quando estavam com fome. Agora era o porco que ia matar a fome deles, mas o menino entristeceu.

— A outra faca.

O mais velho era o encarregado de mexer com as facas e nem se moveu diante da ordem do pai. Ele repetiu que era para pegar a outra faca, usada só para pelar. O menino saiu e voltou correndo, mesmo a mãe tendo proibido que ele corresse com faca na mão. Quando o pai pegou a faca, deixou nos dedos dele o sangue do porco e ele sentiu um arrepio. O sangue era quente, apesar da manhã fria.

O pai enfiou a faca de lâmina mais grossa no mesmo buraco da outra, que ficou jogada nas tábuas, e deu mais uma mexida com ela no talho, que agora era grande. Beiços brancos de gordura podiam ser vistos na ferida aberta.

— Está retalhando o porco antes de matar — brincou o tio.

O pai não respondeu e disse que alguém ali estava com dó do porco, que ele não ia morrer enquanto alguém continuasse tendo dó. O menino mais velho não queria ganhar fama de medroso. Tinha pena do porco e também do pai, desmoralizado perto do irmão, que depois sairia contando para todo mundo as trapalhadas de quem não conseguia mais nem matar um porco.

O sangue continuava saindo em golfadas.

— Não vai sobrar sangue pra fazer chouriço — disse o tio, rindo.

O pai cada vez mais irritado. Se tivesse um revólver, era capaz de matar o porco com um tiro. Mas só tinha facas, facas destinadas a sacrificar animais. Não serviam para mais nada, ficavam enfiadas nos caibros da área do fundo, no alto para criança não alcançar, e só eram usadas em dia de matar porco.

E o porco guinchava desesperado. O cheiro de sangue se misturava ao de bosta fresca e o pão revirou na barriga do mais velho, que enfim achou uma desculpa para se retirar ao ver a calça molhada do caçula.

— Vou levar esse daqui, acho que está com medo.
— Não tô com medo, não.
— Tá sim. Olha a calça molhada.
— Quero ver o pai tirar o coração.
— Ele não vai tirar o coração. Vai só sangrar.
— Fujam todos daqui — falou o pai —, é melhor ficar perto de um homem cagando do que de um que está trabalhando.

Os três meninos saíram e o mais velho ficou aliviado. Foram para a rua, onde ainda se ouviam os gritos do porco. Então deixou os irmãos na calçada e foi dar uma volta, enquanto escutasse os gritos ficaria lembrando do olhar do porco e ele não morreria. Duas quadras abaixo da casa, passava a rodovia. Ele se sentou no meio-fio e começou a contar os carros. Quando tinham passado 20, caminhão não valia, o menino voltou.

Chegou com o pai já pelando a cabeça. O irmão do meio pegava água quente no tacho com uma leiteira e ia jogando aos poucos nos lugares onde o pai e o tio passavam a faca. Não podia pôr muita água porque encruava. Antes esse serviço era feito pelo mais velho, que agora ficou só olhando. Os homens limpavam as orelhas depois de a terem enchido com água fervendo. Em seguida, o focinho. Era o fim. Só faltavam os pés. Foi o tio quem pegou a leiteira e enfiou cada um dos pés na água quente para tirar os cascos, que eram jogados longe. O porco havia perdido sua cor suja. O mais velho pegou a leiteira deixada num canto e foi até o tacho buscar água para lavar as tábuas e o porco. Os homens ergueram-no pelas patas e o menino virava a vasilha, ia correndo até o tacho e trazia mais e mais água. Era assim com o pai, ele não podia mandar. As pessoas tinham que saber o que esperava delas.

Quando tudo estava limpo, o porco deitado nas tábuas com as patas para cima, a cicatriz imensa no peito, o pai lavou as facas e com uma delas se pôs a abrir o bicho, começando pela garganta e parando no cu. Quando chegou lá, rodeou o pequeno buraco para tirar a tripa inteira. Qualquer descuido e enchia a carne de merda. Daí o tio ergueu pela cabeça o porco e o mais velho já estava com a bacia de alumínio pronta, o pai puxou a barrigada, desprendendo com a faca a língua, e despejou tudo na bacia. O menino ergueu a bacia com dificuldade e levou para perto do chiqueiro, enquanto os homens lavavam o porco com uma mangueira.

Colocaram o corpo agora leve e limpo na mesa e o esquartejaram. O menino mais velho já estava lidando com a barrigada. Separou o coração, cheio de pequenos cortes por todos os lados, depois fígado, rim e língua, tirando também a banha bem clarinha que fica presa como renda na barrigada. Guardou tudo numa bacia menor e foi até os homens, ligou a mangueira e lavou aqueles pedaços sangrentos e gordurosos. O tio pegou o coração na mão e mostrou para o irmão.

— Você está ruim de pontaria.

O pai ri e diz que é a primeira vez que não mata com uma estocada só.

O menino mais velho vê aquele coração e sente como se ele fosse seu. Fica com o peito apertado e vontade de chorar. Mas não pode dar esta demonstração de fraqueza. Seus irmãos pararam em volta dos homens que agora separam a cabeça e colocam tudo na bacia com os miúdos. O mais velho pega a bacia e sai para a rua. Vai levar para uma família pobre que mora num barraco perto do cemitério. Toda vez que matam porco o pai dá estas partes para a mulher, uma mãe solteira que cria dois filhos catando ferro velho no lixão da cidade.

Quando faz alguma coisa, o menino não sofre. Agora está alegre ao entregar os pedaços do porco para a mulher. Conversa com o filho dela, que tem a mesma idade sua e volta com a bacia limpa. A mulher lavou antes de devolver para ele e dizer Deus te ajude.

Quando entra em casa, o pai e o tio já saíram para o trabalho. São quase nove horas, a mãe, que até agora não tinha se preocupado com o porco, ficara arrumando a cama e varrendo a casa, estava com um avental, esfregando a barriga contra a mesa toda engordurada. O menino do meio lavava as tripas com a mangueira, observado pelo caçula. O mais velho pegou uma das facas e foi ajudar a mãe a cortar toucinho. De tempo em tempo, a mãe jogava mais uma lasca de lenha no fogo. Picaram todo o toucinho, que era limpo e tão branco que parecia pedaço de doce de leite. Levaram mais de uma hora, depois jogaram os pedaços no tacho e colocaram o tacho no fogo, ouvindo o chiar da gordura que começava a brotar. Em pouco tempo, o tacho era só gordura e nadavam por cima os torresmos. A mãe e o menino continuavam cortando carne, separando os pedaços sem osso para fazer lingüiça e uns bifes para o almoço. O restante ia sendo jogado tudo na bacia onde antes estava a barrigada. As tripas, já limpas, descansavam numa outra vasilha, cobertas por suco de limão, e os restos da barrigada foram postos numa lata. Os irmãos mais novos tinham ido brincar na frente da casa. Só o mais velho e a mãe trabalhavam.

Quando já não tinha mais carne para cortar, a mãe pegou uma espumadeira e foi retirando os torresmos do tacho e deixando sobre uma peneira. O menino escolhia os mais carnudos, espremia limão em cima e comia, ajudando a mãe numa e noutra tarefa, como pegar as tripas e tirar o visgo, amolecido pelo limão. Elas ficavam transparentes como plástico. Depois lavava as tripas em várias águas e deixava secando no varal.

No tacho, a mãe colocava a carne com osso, que em pouco tempo estaria frita. Os dois então começaram a faxina. Lavar a mesa, as facas e as bacias vazias, guardar o torresmo, já frio, em sacos plásticos. E depois prender na mesa o moedor de carne, igual ao de café, mas luzindo de limpo. A mãe rodava a manivela e ele ia pondo pedaços de carne na máquina, retirando a que já saía moída, guardando tudo numa outra bacia. Quando a mãe cansava, ele lidava com o moedor um pouco, mas não agüentava muito tempo. A carne era temperada com pimenta e sal e daí chegava a melhor hora: encher as tripas, abertas com arame. Era bom ficar enfiando a carne macia e cheirosa com o dedo, depois ir apertando com a mão para, por fim, quando a tripa estivesse cheia, amarrar e pendurar no varal da varanda.

Tudo sincronizado. Quando acabaram de encher as tripas, a carne já estava frita. Aí tiraram o tacho do fogo, deixando esfriar um pouco, e despejaram a gordura e a carne em duas latas de 20 litros. A mãe punha um guardanapo branco sobre a boca e só tampava quando tivesse bem fria, a gordura já começando a talhar.

Ele ficava arrumando as últimas coisas no quintal, jogava mais lenha no fogo e a mãe ia para a cozinha. Quando o menino entrou, trazia almeirão colhido na horta. A mãe já tinha arroz e feijão no fogo, cortava o tomate para a salada e fritava grossos pedaços de pernil como se fossem bifes. O pai chegava para almoçar, bebia uma pinga e todos comiam aquela carne sem já se lembrar do porco.

Na hora de lavar a louça, a mãe juntou os restos de comida numa panela, mas daí lembrou que não tinha mais para quem levar a lavagem. Foi ao fundo do quintal e jogou para os passarinhos. O pai saiu com quase toda a lingüiça numa sacola, ia distribuir a parentes e compadres. Para a família ficaria uma pequena parte, secando no varal sobre o fogão a lenha da área do fundo, usado mais para ferver roupa, cozinhar feijão e fazer doce em tacho.

Na parte da tarde, a mãe trabalhava no sabão, colocando o resto da barrigada no tacho, as pelancas que não tinham sido aproveitadas e um pacote de soda cáustica. Depois de dissolver tudo em fogo alto, o tacho ficava esfriando e no outro dia ela cortaria com a faca os pedaços daquele sabão, cinzas como o porco, guardando-os numa prateleira na varanda. Era com esse sabão que lavava nossa roupa e fazia as últimas limpezas para tirar a gordura de tudo.

O cheiro doce de carne ficaria mais um ou dois dias na casa, mas logo desapareceria e a lingüiça verde e mole no varal ficaria dura, desprendendo um odor maduro de tempero. Mas, no dia seguinte, o menino, ainda sentindo nas unhas o cheiro de carne, tinha que ir para a escola e ocupar suas mãos com lápis, borracha e caneta.

Só voltaria a se lembrar do porco quando já estavam enjoados de comer a carne escura da lata e um dos dedos do pé começasse a coçar desesperadamente. O menino tinha que pedir autorização para sair da sala e ir ao banheiro. Sentava na patente, tirava sapato e meia e ficava coçando a imensa moranga, que tinha deixado o dedo inchado e lustroso.

Em casa, conta para mãe e ela pergunta por que não reclamou antes.

— Não coçava.

— Pelo tamanho, tem mais de dois meses.

Ela vai à máquina de costura, pega uma agulha fina, desinfeta com álcool e se ajoelha aos pés do menino. Afastando a pele em volta do bicho, segue cavoucando com todo o cuidado para não arrebentar a bolsa. Com paciência, retira a moranga inteira, deixando um buraco no dedo do filho. Depois passa álcool no machucado e a ardência que ele sente é algo bom, pois traz alívio, e ele se lembra de fazer uma pergunta.

— Por que o pai não está mais criando porco?

A mãe agora passa mais álcool na agulha e a espeta na blusa, perto do seio.

— É que o médico me proibiu de comer gordura.

— Com o que a senhora vai fazer comida agora?

— Com óleo de soja.

O menino ouvira sempre o pai dizer que a soja tinha acabado com a cidade, que todos os trabalhadores tinham ido embora, que agora só havia serviço para trator, colheitadeira e até para avião, que passava veneno nas lavouras. O pai não gostava de soja, continuava comprando e vendendo arroz, feijão e milho na cerealista. Café não comprava mais, porque ninguém produzia.

O menino achou que aquela mudança de gordura para óleo não era uma coisa boa pelo olhar triste da mãe.

— Mas a gente continua comendo a carne de lata e a senhora ainda usa gordura?

— É que não agüento o cheiro do óleo. Por isso não como na casa da tua avó.

Não haveria mais porcos no quintal e isso era bom e ruim. Ele gostava de toda a movimentação do dia de matar e limpar porco, mas sofria com a morte do bicho. Agora ficaria longe da morte.

Naquela mesma semana o pai apareceu com uma caixa de latas de óleo. A mãe mandou guardar na despensa e não abriu nenhuma delas. O pai, na hora da comida, sempre perguntava se ela tinha usado óleo.

— Não consigo.

— O médico disse...

— Eu sei o que o médico disse.

— Então por que não tentar?

A mãe recolhia os pratos e ia lavar com o sabão de soda. O pai repetia a história que todos já sabiam. Que uma tia dele também não podia comer gordura e o médico falou para ela usar óleo de soja. Ela respondeu que preferia morrer.

Nunca ia deixar de comer carne de porco e cozinhar com banha. Uns dois anos depois, teve um enfarto.

O pai foi até a despensa e trouxe uma lata de óleo, fez dois furos na tampa com a faca que usava para matar porco e deixou a lata na parte debaixo da pia.

A mãe então lembrou de fazer uma promessa, ali, lavando a louça com o último pedaço de sabão do último porco. Se se acostumasse com o óleo, daria uma lata de óleo por dia, durante um mês, para pessoas pobres.

E, no dia seguinte, ela começou a usar óleo. Primeiro no arroz. O feijão vinha nadando na gordura, mas o arroz estava mais seco. O pai, para dar exemplo, regava a salada com óleo. O cheiro dele frio embrulhava o estômago da mãe.

Um grande barulho interrompeu o almoço no dia em que a mãe tinha conseguido comer um pouco do feijão feito sem gordura. Todos saíram para ver o que era. Uma batida. Um jipe velho tinha vindo na contramão e acertado um Opala. Agora os motoristas estavam brigando, e o do jipe xingava o outro. Os dois queriam ter razão e um acusava o outro de barbeiro, irresponsável. Era só bate-boca, havia uma distância boa entre os dois. Começou a juntar gente, o motorista do Opala dizendo que o outro tinha que pagar o estrago. O outro dizendo que não ia pagar coisa nenhuma, cada um assumia o prejuízo. O do Opala falou que ele era mesmo um grande filho-da-puta. O outro pediu para ele repetir se fosse homem, que nome de mãe não entrava em briga. O outro repetiu, filho-da-puta sim, de uma grandíssima puta. O motorista do jipe foi até uma caixa que ficava na parte de trás do carro e tirou uma faca.

O menino viu quando o sol do meio-dia brilhou na lâmina. Era uma peixeira imensa, igual àquela que o pai usava. Todos se afastaram, o pai do menino falou para ele entrar. Mas ele não entrou.

— Sabe o que você é? — perguntou o motorista do jipe.

O do Opala não respondeu, estava assustado. E o outro repetia.

— Sabe o que você é?

Silêncio.

— Uma merda de um porco que nem sabe brecar um carro.

Alguém perto falou parem com isso.

— Quem abrir a boca entra também na faca.

Um choro de mulher saiu bem baixinho e depois uma velha se apressou para a outra rua. O pai achou que tinha autoridade, estavam na frente da casa dele, era dono da cerealista, conhecia o motorista do Opala. Falou.

— Celso, vá para casa.

Quando Celso se virou para entrar no carro, o outro avançou e deu uma facada nas costas dele. O menino viu tudo em câmara lenta. E chegou mais perto, os olhos molhados. A vítima caiu e o outro pulou em cima e deu mais uma facada. Celso não gritava, mas as pessoas em volta sim. O pai correu para a cerealista, ia chamar a polícia, a mãe agarrou o filho e puxou para dentro. Ele não queria ir, gritava me solte me solte, estava agora chorando. A mãe segurando-o pelo braço, ele não querendo ver mas precisando ver. Olhava as facadas, o homem não parava e o outro se mexia tentando se livrar, o menino olhava, mas aí a mãe fechou o portão do quintal e o arrastou para a cozinha. O menino chorava.

A mãe fechou a porta e ficou com os três filhos. Os outros tinham seguido sem falar nada. O mais velho gritava:

— Quero ficar perto do homem.

— Calma, calma, a polícia já está chegando.

A polícia chegou quando Celso já estava morto. Levaram o corpo, guincharam o carro dele e a mãe deu água com açúcar para o filho. Meia hora depois ele estava mais controlado. Saiu no quintal e viu o pai lavando o sangue no asfalto com a mangueira e com uma vassoura velha.

Chegou perto e disse:

— Pai, era eu que tinha medo quando o senhor matava porco.

— Fuja já daqui, menino — falou o pai, esfregando o chão.

A mancha de sangue não durou nem uma semana, a poeira logo cobriu tudo. A mãe pegou as facas do pai e jogou na privada e ele nunca deu falta, ou fingiu não dar. A comida começou a ser feita só com óleo e junto com a primeira lata, que o menino teve que dar para uma família pobre, levou também o resto de banha com carne. Uma semana depois, o pai teve que comprar uma nova caixa de óleo e uma caixa de sabão em pedra. E em seguida, talvez para agradar a mãe, que andava um pouco triste, ele chegou com uma geladeira vermelha. A mãe disse que ia usar só para esfriar água e refrigerante, pois nunca se acostumaria com carne congelada. Mas logo o pai estava comprando grandes quantidades de carne de boi, em bifes que já vinham cortados e batidos numa máquina, e a mãe tinha que congelar. Foi quando a vida começou a perder o sabor.

Hóspede secreto

O canto do galo toma conta do apartamento, me acordando para um lugar remoto. Mamãe põe o café na mesa, onde está o pão caseiro, que a gente come com uma camada grossa e amarela de manteiga feita em casa. O pai já saiu para ordenhar as vacas e logo entrará com um balde coberto por um guardanapo branco. É neste mesmo guardanapo que a mãe côa o leite, retirando algum cisco que tenha caído. Levantamos rápido para lavar o rosto do lado de fora da cozinha, onde fica a mesa com o balde de água e a bacia. O clarão da manhã já começa a arrebentar num horizonte recortado por morros e árvores.

O galo canta mais duas ou três vezes antes que eu decida me levantar. Embalada ainda por imagens tão doces, tomo café solúvel e como pão amanhecido. Já com a roupa de trabalho, lavo o rosto quando vou escovar os dentes e saio, sempre correndo para não perder o ônibus das seis. No elevador, ainda ouço o galo cantando e retorno a meus devaneios. Papai com chapéu esgarçado andando pelo campo, a roupa ligeiramente suja. Eu e meu irmão correndo, descalços, pelo quintal, pulando porteira, subindo em árvore de fruta.

Me atraso ainda mais. O motorista, quando está prestes a sair, me vê e espera com a porta do ônibus aberta. Cumprimento-o, cruzo a roleta e sigo para o fundo do ônibus, que a esta hora ainda está vazio.

O trabalho de uma telefonista não dá descanso e durante todo o dia não tenho tempo para pensar em nada. Tudo é rápido demais e logo estou no ônibus de novo, entregue a meus pensamentos. Viagem lenta, por mais que o motorista corra. Desço um ponto antes, vou até a padaria, compro o pão para a manhã seguinte, um pacote de leite C e mais o que esteja faltando.

Na porta do elevador há duas senhoras dizendo que não agüentam mais, é preciso tomar uma providência, ninguém respeita o direito dos outros, esta cidade está realmente perdida. Uma fica indignada, onde já se viu uma coisa dessas? Em pleno centro!

Durante a subida elas se acalmam. Engraçado, aprendi a ouvir os outros, a conviver com eles, sem trocar nenhuma palavra. Posso ficar entre duas ou três pessoas que conversam sem me intrometer. É como se tivesse me habituado, depois de tantos anos trabalhando como telefonista, a anular minha voz. Tudo passa por mim mas nada me atinge. Eu, que atendo tantos telefonemas na fábrica, nunca recebi nenhum.

Comecei a listar as pessoas com quem troco algumas palavras: o porteiro do prédio, os motoristas e os cobradores de ônibus — são quase sempre os mesmos, porque tenho um horário regular —, o guardião da fábrica, as meninas da padaria. Os outros são apenas vozes que chegam pelo telefone, sem nenhuma relação comigo. É como se viessem do além e passassem por mim sem deixar rastos.

Assim que entro em casa, preparo um café, lavo a louça e vou cuidar do Rodolfo. Com a porta da lavanderia aberta, ele fica andando pelo apartamento. Também, coitado, passou o dia todo sozinho. Quando, há uma semana, Rodô veio morar comigo, a primeira providência que tomei foi trocar o carpete por uma forração emborrachada. Ele pode ficar à vontade e quando faz alguma sujeira é só limpar com um pano úmido.

Gosta de assistir tevê. Fica em pé, na mais completa imobilidade, observando o que os artistas fazem. Quando acaba a novela das oito, vamos dormir. Rodô não se debate ao ser levado para seu cômodo. Amanhã é sábado e teremos o dia todo para nós. Digo isto a ele, passando os dedos em sua cabeça macia, o que faz com que enrijeça o pescoço em sinal de aprovação. É como se vivêssemos juntos desde sempre.

Estas têm sido as melhores noites dos últimos anos. Durmo tranqüila, envolvida por um aconchego que só se tem na infância, quando a cama é útero acolchoado. Não tenho mais sentido as dores de cabeça, não ouço o som alto do vizinho de cima, nem a gritaria dos filhos da vizinha do 402. As buzinas ficaram distantes. Antes, acordava sobressaltada com a briga de alguém em um dos apartamentos, ou com o ruído de algum carro na rua. Tudo isso desapareceu por completo. Retornei à quietude do campo.

A partir das cinco da manhã, o canto do galo me enche a vida de sensações boas. E o meu dia começa novamente bem. Hoje não vou ao serviço, mas levanto no horário de sempre, preparo o café ouvindo o canto matinal, disposta como nunca para a limpeza do apartamento. Prendo Rodô para poder ficar livre das sujeiras. Só depois de lavar, no tanque, toda a roupa da semana é que o solto, colocando um pote de comida na área de serviço. É hora de fazer a faxina na máquina de lavar roupa. Tive sorte com a máquina antiga e grande. Quando a comprei, numa loja de móveis usados, jamais poderia imaginar que teria esta utilidade. Ela toma quase todo o espaço da lavanderia. Isso antes me incomodava. Agora vejo quanto foi acertada a escolha. Deixo a máquina encher, coloco detergente e ligo. Em poucos minutos, a água se esgota, a máquina está limpa. Abro então a tampa para que ela seque com o sol da manhã que entra pela janela.

Rodô anda em volta de minhas pernas, aprovando tudo. Mas fica quieto quando ouve a campainha. Assim como eu, não gosta de visitas, ainda mais numa manhã de sábado. Por precaução, antes de atender a porta, enfio meu amigo na máquina que nem chegou a secar. No caminho, escondo a vasilha com sua comida.

O síndico explica que estão fazendo uma vistoria em todos os apartamentos do quarto andar. Temos certeza de que é aqui que ele canta toda madrugada. A senhora permite?

Não digo nada, apenas abro totalmente a porta. Há mais dois homens com ele. Por sorte a casa está toda arrumada e não passo vergonha. Olham até o banheiro. Na lavanderia não encontram nada. Percebo o desapontamento. Era o primeiro apartamento inspecionado e estavam contando encontrar aqui um galo. Saem e não ouço mais nenhuma campainha no andar. Alguém tinha denunciado que o canto vinha do 401.

Retiro Rodô da máquina, ele está levemente úmido, e confidencio.

Eles imaginam que temos um galo em casa, Rodô. Acho que estão ficando loucos.

Passamos o dia à toa, assistindo tevê e arrumando gavetas. Depois do almoço, aproveito para dormir, mas deixo Rodô solto. Sonho com a chácara de papai, com os animais que tínhamos. Nossos brinquedos eram sempre os animais e vivíamos mais no quintal do que em qualquer outro lugar.

Então ouço o canto do galo, um canto longo e forte. A manhã está nascendo, levanto ainda atordoada por tudo e abro a janela do quarto, dando com a tarde luminosa. Acho que o galo cantou apenas no meu sonho, mas logo seu grito se repete ao meu lado. Quando saio do quarto, me assusto com a campainha. Escondo Rodô e atendo a porta, o rosto marcado por ter dormido sobre a colcha de crochê. O síndico, desta vez, não pede licença para entrar e logo está na cozinha, onde encontra uma pena marrom. Há também uma manchinha aguada e escura de cocô no piso.

Onde está o galo?

Aqui não tem galo nenhum.

Se a senhora não mostrar, nós vamos ter que vasculhar todos os móveis.

Rodô podia se assustar com o síndico, era melhor confessar tudo. Explico que ele não atrapalha ninguém, é um animal que não transmite doenças, ao contrário dos gatos. E tanta gente tem gato em apartamento. Mas o síndico não quer saber e diz que se o galo não for embora, vão fazer um abaixo-assinado para me retirar do prédio.

A reclamação junto à imobiliária resolveria rapidamente o problema, mas não queremos fazer isso com a senhora.

O galo não faz mal para ninguém.

Ele acorda todo mundo de madrugada.

Mas e o som alto nos apartamentos? Isso não atrapalha?

Não existe lei proibindo aparelhos de som no prédio, diz o síndico, saindo com passos firmes, o que era uma sentença contra Rodô.

Fechei a porta e fiquei pensando por que teriam raiva de um galo. Aparelho de som podia. Tevê alta podia. Buzina de carro podia. Guitarra elétrica também. Galo não. Todo mundo queria a certeza de estar vivendo numa cidade de primeiro mundo, totalmente urbana. Um galo no prédio era uma carroça no trânsito: vergonha para os cidadãos. Rodô pagava o preço de pertencer a um outro tempo. Um tempo que todo mundo queria esquecer. Por que eu ressuscitava este tempo?

Sempre fui tão discreta, passando despercebida em todos os lugares. Agora, no prédio e nas imediações, todos se alvoroçam com minha presença. Levanto mais cedo no domingo e tento controlar o canto do Rodô. Mas não há o que segure a natureza. O canto é profundo, espontâneo e lindo. É uma coisa tão bonita que não fico com raiva dele, mesmo quando alguém abre a janela e começa a me xingar de velha louca. Rodô continua cantando, para o desespero do vizinho enfurecido e para meu enternecimento.

Saio com Rodô nos braços e passo pelo porteiro, que me cumprimenta constrangido. É a primeira vez que posso desfilar com ele, como se fosse uma senhora normal com sua cadelinha de domingo. Vou soltá-lo no Passeio Público. Mas ao deixar o prédio, vejo a dona da casa ao lado. Ela também me olha e pergunta se o galo madrugador é meu.

Sim.

Eu gosto dele. Todas as manhãs acordamos com seu canto. Minha neta adora bichos. A senhora podia esperar um pouco, vou lá dentro chamá-la.

A menina vem correndo e eu me aproximo do gradil. Ela toca o galo, dizendo que lindo, vó.

O síndico do prédio não aceita mais ele — desabafo.

A menina pergunta o que vou fazer.

Ainda não sei direito. Pensei em soltar.

Nós podemos cuidar dele, não é, vó?

A avó olha para mim e diz que sou eu quem decide.

Se a senhora puder ficar uns dias... até eu achar um lugar para ele?

Olho para a menina e os olhos delas dizem sim, sim, sim. Entrego o galo por cima da grade e há alegria no rosto de todos.

A senhora, quando quiser, pode nos visitar.

Da minha janela não posso ver o quintal onde Rodô está morando. Mas de manhã ouço seu canto claro. É como se estivesse na lavanderia. Lembro então das manhãs em nossa chácara e fico alegre por ter encontrado um lugar para meu amigo.

Durante a semana, as reclamações contra o galo aumentam. O maior jornal da cidade faz matéria sobre a quebra do silêncio nas madrugadas do Alto da XV. Todos passam a me detestar no prédio, mas não podem fazer nada. Rodô não mora mais comigo. Já nos prejudicaram tanto, por que não nos deixam viver em paz?

À tarde, antes de subir ao apartamento, passo pela casa da vizinha para ver Rodô. Agora fica preso num quartinho, porque estavam jogando milho com veneno no quintal. Apesar dos atentados, está ainda mais faceiro, tantos os cuidados da menina.

Numa de minhas visitas, a avó mostra a intimação da prefeitura, exigindo a transferência do animal.

Não consigo entender a raiva dos moradores do prédio. É uma raiva muito grande contra um bicho tão pequeno, que comete o crime de soar suas sirenes de madrugada. Fico pensando no verdadeiro motivo desta repulsa. É uma raiva contra o campo. É uma raiva contra os caipiras que vêm para Curitiba, é uma raiva, portanto, contra mim. De repente, eu tinha toda uma cidade me detestando. Eu era tudo que eles não queriam ver. Eu negava as conquistas modernas, simplesmente por ter ressuscitado o galo de minha infância. Curitiba queria esquecer suas raízes e eu tinha a ousadia de criar um galo bem no coração da cidade. Na periferia tudo bem, lá moram os suburbanos. Mas no resto da cidade não se admite esta afronta.

Então descobri que Rodô não pertence a Curitiba e nem a meu presente. Ele é um ser de minha infância, nasceu e foi criado na chácara de papai. Lá é o lugar dele e não aqui. Sim, eu estava errada por ter insistido para que fosse aceito na minha vida de agora. Ele pertence aos meus dias de brincadeira livre no campo. Quando comprei Rodô na pecuária, não imaginei nada disso. Na verdade, nem pensava em comprar um galo. Passei em frente da loja e vi suas penas marrons. Era igual a um galo que havia no quintal de casa. Entrei na loja e comprei, mas o difícil foi trazê-lo para casa. Tive que esconder na jaqueta — esta a vantagem de ser gordinha, ninguém percebe quando você fica um pouco mais gorda. Foi um impulso. Eu estava reconquistando um mundo perdido. Rodô me trazia papai e mamãe, mortos há anos. Me trazia o conforto de uma família. Por alguns dias, vivi de novo tudo o que perdera. Tinha valido a pena, mesmo depois de ter sido odiada pelo prédio inteiro. Mas o melhor é devolver Rodô de uma vez ao seu mundo.

Na sexta-feira, na hora do almoço, vou ao banco e retiro todo o dinheiro de minha caderneta de poupança. Uma dificuldade arranjar um taxista disposto a me levar a Peabiru. O problema não é a distância, mas quando falo que junto irá um galo.

Depois de algumas tentativas, um senhor aceita, desde que Rodô vá numa gaiola forrada. O motorista tem uma em casa. Trará no sábado pela manhã.

Saímos bem cedo, logo depois de Rodô dar um grande show. Talvez pressentindo sua despedida, cantou mais alto e mais demorado. A menina e a velha prepararam um café. Tomamos juntas, meio alegres e meio tristes. Rodô está indo embora, mas vai para um lugar amplo, para seu mundo. Ou melhor, para nosso mundo, de onde nunca devíamos ter saído.

Quase não conversei com o motorista na viagem e quando chegamos à cidade pedi que tocasse direto para Duas Vendas. Não gostou de ter que colocar o carro em estrada de terra. Eu quase não reconheço mais a região. Tantos anos sem ter retornado. Estou na minha cidade, seguindo para terras onde passei a infância. Queria viver tudo de novo, que o feitiço da

Gata Borralheira se desfizesse. Que este carro moderno se transformasse novamente na carroça com que íamos à cidade, que minhas roupas novas voltassem a ser o vestido de chita da infância, que os tratores trabalhando na fazenda virassem cavalos lerdos pelo peso do arado.

Na casa de meu irmão, descobri que, na minha história, a transformação é irreversível. Despacho o táxi, ficando com a gaiola e uma malinha. Meu irmão me recebe com susto. É um velho de pele enrugada que trabalha como capataz na fazenda dos Justo. A fazenda tinha avançado sobre todos os sítios e chácaras da região. Havia apenas soja onde antes era mato, pasto, cafezal, plantação de hortelã, feijão, arroz...

Meu irmão, sem entender muito bem o motivo de minha viagem, me recebe calorosamente, apesar da tristeza de meus olhos.

Fico mais triste ainda ao ser levada para o local em que morávamos.

Não sobrou nada. Nem uma árvore, nem um sinal. A casa e o curral tinham sido destruídos, o poço fora aterrado. O chão de minha infância era um campo de soja, como outro qualquer, sem nenhuma marca, sem memória alguma. Tentamos, em vão, encontrar o local da casa. Procuro onde o sol está se pondo para poder ficar na mesma posição em que olhava o horizonte da janela de meu quarto, mas estar aqui é mais irreal do que em meus sonhos.

Voltamos em silêncio.

Era uma casa tão sólida, feita com tijolos maciços, como conseguiram destruir? Não resta nada que comprove que alguém passou a infância ali. Fico com a imagem do campo de soja, com o imenso vazio. Quantas vezes, nestes anos todos, os tratores não tinham passado o arado e a grade no solo onde brinquei? Era dali que eu tinha vindo? Mas onde está papai? Como ele poderá agora retirar o leite das vacas? O galinheiro de mamãe ficava em que lugar? Quem quebrou as tigelas em que eu colocava água para as galinhas? Onde as árvores em que subíamos? Como vamos fazer para brincar de novo nelas? Por que ninguém responde?

Minha cunhada fez frango com quiabo, minha comida predileta, para tentar me devolver o que ficou perdido. Jantamos bastante e depois todos se sentam, em silêncio, na varanda. Meu irmão fuma olhando o pôr-do-sol. Eu na luta para encontrar um sentido. Meu passado não está ali, nem naquele irmão maltratado pelo serviço e pelos anos, nem no chão que aconchegou meus pés, nem naquele pôr-de-sol que tanto me alegrava na meninice.

Por que você não larga tudo na capital e vem morar com a gente? Sinto falta de alguém da família — meu irmão diz isso prestando atenção na fumaça do cigarro.

Olho para ele, desanimada. Eu não sou alguém da família, penso. Sou sem família. Quero dizer que quem está aqui é uma farsante, assim como o galo não é o Rodô de nossa infância. Fazemos parte da mesma farsa. Eu nunca morei aqui, você nunca foi meu irmão. A gente finge tudo isso para se sentir seguro. Mas você morreu, eu morri. Todos morremos. No nosso lugar colocaram esses impostores.

Não, meu irmão, não posso ficar. Tenho minha vida lá. Você tem a sua aqui. Amanhã vou embora, mas prometo voltar com mais tempo. Você só cuide bem do galo.

Agora ele não é mais Rodô, apenas o galo. Substantivo comum.

Se eu ficar, vou estar alimentando a farsa. Fazendo com que ela seja maior. Não posso mais me iludir. Passo a noite toda pensando no quanto tudo é estranho. Eu não sou eu mesma. Nada é aquilo que realmente é. Somos enganados quando nos lembramos do passado. É o passado de uma outra pessoa. Apenas isso, uma sensação de que aquilo foi nosso. Nunca foi. Até nossas lembranças são de outro.

Mal consigo dormir pensando em tudo isso. Meu irmão levanta no escuro para me levar à rodoviária de Campo Mourão. O ônibus para Curitiba sai às sete. Quando estamos no carro, ouço o canto majestoso do galo. Apenas este canto é o mesmo e real. Apenas ele me une a quem penso que fui. E vai ficando pra trás, cada vez mais fraco.

Noções básicas

Estou ensinando meu filho a fazer pipa. Minha mulher nos observa da sala de tevê. Poderia comprar uma pipa pronta, economizando meu tempo. Mas faço questão de ensinar. Construir pipas tem um sentido especial para mim. E um homem à beira dos 40 começa a ficar sentimental.

Sempre tive habilidade com as mãos. Hoje não preciso mais usá-las para ganhar a vida. Ensinar este pequeno ofício para Pedro é mais um trabalho de memória.

Quando eu tinha doze anos, houve um grande campeonato de pipas em Peabiru. E eu era o melhor na arte de construí-las e de empiná-las. Mas naqueles dias não existia a menor chance de eu arranjar dinheiro. A única saída foi aceitar a proposta de Júnior. Se lhe fizesse uma pipa, me pagaria o suficiente para comprar os materiais para a minha.

Ele trouxe papel de várias cores, cola e tesoura. Taquara eu tinha, meu pai trazia das pescarias. Esbocei o papagaio de Júnior com muita precisão. Teria uma dimensão adequada para a época do ano, em que os ventos eram fortes. Júnior, durante o dia todo, acompanhou meu serviço. O que mais demorava era preparar a taquara, que tinha de ser finíssima. Para ficar resistente e leve, deve estar completamente seca. Depois fiz uma carretilha especial, para a linha de náilon. A carretilha, com uma manivela de metal, tornava fácil soltar e recolher a pipa.

Com ares de grande construtor, trabalhava cuidando de cada minúcia. Júnior, que não sabia nem colar um selo direito, invejava minha destreza. Só depois soube que era inveja. Na época, acreditava ser apenas admiração. Terminada a tarefa, ele me mandou passar, no dia seguinte, na loja de seu pai, para receber.

À noite, planejei minha pipa. Seria diferente da que acabara de fazer e eu ganharia o campeonato. Não fiz uma pipa perfeita para o Júnior. E não me sentia desonesto. Afinal, éramos concorrentes. Deixei alguns defeitinhos. Um dos lados, por exemplo, era levemente menor do que o outro. Isso traria dificuldades no controle. Não, ela não era ruim. Era muito boa, mas a minha seria melhor.

Não dormi direito aquela noite. Faltavam dois dias para a competição. Teria que ser rápido. Escolhi o formato, as cores dos papéis e tudo mais. Minha pipa seria um pouco maior. Isso daria mais estabilidade.

Pela manhã, sem querer ao menos uma xícara de café, fui ao bazar. Mas Júnior pediu para eu voltar à tarde, ainda não tinha recebido o dinheiro do pai. Fiquei toda a manhã preparando a taquara. Logo depois do almoço, não o encontrei na loja — tinha saído com a mãe. No outro dia, também não consegui receber meu dinheiro — apesar de ter ido de hora em hora atrás do devedor. Seu pai simplesmente dizia, ao me ver na porta, que ele não estava.

Fiquei desesperado, mas não tinha o que fazer. Ninguém me venderia fiado com meu pai devendo em tudo quanto era lugar, sem crédito nem para as pingas. Mamãe lavava roupa para fora e o que ganhava dava só para a comida.

Chorei a noite toda, não comi e nem tomei banho. Meu pai sabia o que estava acontecendo e não podia fazer nada. No outro dia, saiu cedo para pescar. Mamãe não perdoou, não disse para você não se meter com isso? E você nem deu bola, taí o resultado.

Mal amanheceu, eu já estava em pé. Era uma manhã de vento. Fiquei esperando o início do campeonato, mas só saí mais tarde. Júnior estava com Estela, e isso me intimidou. Senão teria brigado feio. Estela sorria, acompanhando a rápida subida do papagaio que construí. Fiquei de longe, só olhando. Observei demoradamente a alegria dos dois.

Era uma alegria roubada.

Não quis mais ficar ali. Segui para o rio, caminhando por um bom tempo à sua margem, na direção da parte mais escura da mata, até o ponto em que meu pai costumava pescar. Mesmo me vendo chegar, ele não deu a menor atenção. Estava trocando a isca do anzol, que tinha sido comida pelos lambaris. Sem me olhar, falou, os filhos-da-puta são espertos, a gente não pode confiar neles, tem que tentar fisgar na primeira beliscada, senão levam a isca. É, eu disse, desanimado, sentando no barranco, ao lado de meu pai, que já jogava de novo o anzol na água.

No centro de algo

— Só não compreendo por que ir a Peabiru para vender a fazenda. Ainda bem que será a última viagem àquele lugar.

O Volvo corre suavemente pelas estradas cheias de curvas. Rodrigo dirige com atenção e com um pouco de tédio, enquanto Clarice ouve músicas de Bach. Tinham saído no meio da tarde de Curitiba e teriam, se não quisessem dirigir à noite, que dormir em alguma cidade.

Como em outras viagens, as conversas eram ralas. Estavam naquele ponto em que o desinteresse sexual se alastrara para tudo o mais. Nenhum dos dois se importava com o outro. Clarice administrava um hotel, onde recebia um ou outro amante jovem, não por se preocupar obsessivamente com homens, apenas para quebrar a monotonia de uma vida sem a aventura das conquistas. Rodrigo, ex-engenheiro pobre, tinha agora sua própria construtora e conquistara a independência. Se não havia mais nenhum envolvimento sexual ou financeiro com Clarice, o que ainda o prendia?

Provavelmente não era o único filho, já morando sozinho. Talvez fosse gratidão.

Ele dirige pensando na fazenda, na necessidade de liquidar aquele assunto. Nenhum dos dois tem qualquer vocação para a vida no campo. Clarice, desde os doze anos, vive em Curitiba, onde estão suas amizades. Ele nunca morara em Peabiru e via crescerem suas possibilidades de sucesso na capital com a retomada da industrialização. A fazenda fazia parte de um mundo distante. A decisão de viajar imediatamente para fechar o negócio tinha sido tomada mais para preencher um fim de semana vazio. Em janeiro, a cidade parava e eles, que não gostavam de praia, viam-se privados de toda companhia interessante. Ir a Peabiru era plantar um acontecimento num mês monótono. Clarice criou alguma resistência ao saber da viagem, mas nunca discutia — daí vinha sua superioridade. Como revolta, apenas levara seus CDs de música clássica, maneira de mostrar ao marido que, embora estivesse voltando às raízes, ela se mantinha nos domínios da civilização. Também não aceitara viajar na camioneta de Rodrigo, alegando que só ficaria faltando a fantasia de caubói. Houve um instante em que Rodrigo quase sorriu, mas conteve o desejo de fazer graça. Ia sugerir que ela comprasse, para viagem, alguns CDs de música sertaneja. Mas ele sabia que com Clarice não havia espaço para brincadeiras.

O pôr-do-sol na estrada dava um certo conforto. Com as nuvens incendiadas no horizonte a pista ganhou uma luminosidade meio fantástica. Na serra do Cadeado, ele teve vontade de parar para contemplar o fim do dia. Mas não poderia fazer isso sem descontentar Clarice — imune a qualquer emoção que pudesse vir de outro lugar que não o aparelho de CD. Num ponto da estrada, o trânsito ficou parado e Rodrigo encontrou motivo para descer do carro, vou esticar um pouco as pernas, querida. Ao lado do acostamento, numa barraca que vendia bugigangas indígenas, viu uma lata preta sobre o fogo. O cheiro de milho verde que vinha dela era tentador, a ponto de fazê-lo esquecer a sujeira. Uma índia com uma criança no colo ofereceu uma espiga de milho, tirada da lata com uma ensebada colher de pau. A espiga tinha um aspecto bom, limpa como uma flor depois da chuva. Era quase inconcebível que brotasse daquele latão imundo. A cor do milho estava de acordo com o cheiro e isso aumentou ainda mais seu apetite. Antes de pegar a espiga, olhou para o carro e viu que Clarice o observava com um olhar duro. Neste momento, a fila de automóveis começou a andar e ele voltou ao Volvo.

Seguiam em silêncio. Clarice em sua bolha musical, isolada de tudo. Para algumas pessoas, a visão era um sentido absolutamente morto. Se a paisagem encantava Rodrigo, ela não tinha qualquer fascínio para sua mulher, que não se deixava tocar pelo horizonte de montanhas, banhado por uma luz morredoura. Rodrigo, que nunca prestava atenção nestes detalhes da natureza, estava realmente em paz. O sol insistia em viver nos faróis. Era como se cada carro lhes trouxesse um casal de pequenos sóis, criando uma sensação agradável de união. Tocado pela paisagem, olhava Clarice e percebia como seu rosto, lavado por esta luz difusa e suave, ganhava uma expressão diferente. Era como se ele a encontrasse pela primeira vez. Um rosto sóbrio, com carnes maduras. Estes pequenos estudos, feitos com um olho na estrada e outro em sua mulher, deixaram Rodrigo levemente embriagado. Sentiu vontade de beijar aqueles lábios que lhe pareceram desconhecidos. Foi uma surpresa perceber que seu sexo estava ficando intumescido. Lembrou-se de um poema que definia a boca da amada como cicatriz mal curada do desejo.

— Olhe a estrada — ela falou de repente. E ele ainda teve tempo de reconduzir o carro à pista e fazer a curva com certa segurança. Quase havia capotado e, somente diante do perigo, Clarice acordou de seu transe musical.

— Acho que deveríamos parar em alguma cidade.
— Não estamos longe de Maringá.

Os dois continuaram em silêncio, Rodrigo com os olhos na estrada e Clarice fitando um vácuo feito de notas musicais. Na entrada de Maringá, o carro desobedeceu outra vez a pista, ganhando o acostamento, para tomar o rumo de um motel. Clarice grudou em Rodrigo um olhar de raiva, mas ele não viu. Estava envolvido com as manobras.

Sentando com as pontas das nádegas na cama, num misto de nojo e de susto, ela ficou inspecionando o quarto onde tantos grunhiram um prazer de escândalos. Habituada a gerenciar seu hotel, eram os olhos de administradora que percorriam a suíte. Nunca tinha antes ido a motéis, porque sempre os achara vulgares, coisa tipicamente classe média.

A noite naquele motelzinho de beira de estrada representaria, dentro de sua vida, uma concessão à vulgaridade. Lembrava-se dos primeiros anos de casamento, quando o avô ia à sua casa, envergonhando-a com seus hábitos roceiros, seu corpo disforme e seus valores de colono. Deu graças a Deus quando ele ficou doente, preso à fazenda — fazenda para onde ela agora voltava.

O motelzinho era mais uma das vergonhas que ela, mesmo indiretamente, creditava ao avô. Sem protesto, aceitara esta noite entre lençóis de programa.

Rodrigo tinha ido direto para o chuveiro. Depois de alguns minutos sob a água fria, entrava nu no quarto. O excesso de pêlos e de músculos era uma prova inconfundível dos problemas de origem do marido. Não dava para passar como descendente de alguma família nobre; em sua configuração muscular estavam estampados o passado de imigrante e a história de gerações que ganharam a vida em trabalhos braçais. De nada adiantavam o refinamento de tantos anos de atividades intelectuais e os hábitos adquiridos no convívio com a sociedade. Nu, Rodrigo não passava de um operário, exibindo pêlos e músculos que o igualavam aos ursos que ela, quando menina, encontrava, num sentimento de interesse e de raiva, em seus livros escolares.

O grande urso sentou-se na cama sem manifestar nenhum receio (mais um indício de sua vulgaridade). Ela notou que seu corpo estava molhado. Tinha saído das águas frias de um rio das montanhas, só faltava ter nos lábios o peixe fedido, que serviria como alimento do animal que agora descansava numa pedra, sob um sol que o secaria. Clarice se levantou e trouxe do banheiro, segurando-a sem apertar, a toalha já um tanto desbotada com o logotipo do motel. Poderia ter jogado a tolha no peito do urso, mas isso não seria digno. Colocou-a distraidamente em seu ombro, fingindo interesse pela televisão. Enquanto virava as costas para o animal, preparando-se para sentar numa poltrona colocada no canto do quarto (quantos sexos lambuzados não deixaram restos neste tecido felpudo!), sentiu o peso de uma pata em sua perna. Dos filmes de sua mocidade, ela se lembrava de alguns ensinamentos para sobreviver na selva. Quando um animal feroz se aproxima de alguém, é preciso ficar imóvel, deixar que o bicho faça sua ronda. Em nenhum momento ele pode achar-se em perigo.

Clarice sentiu as unhas em sua perna, mas não olhou para a pata, com medo de assustar a fera. O urso prosseguia em suas manobras. A pata descera até seus pés e avançara contra os sapatos. Apesar da meia fina, o corpo de Clarice reagiu com um arrepio quando seus pés tocaram o carpete. Ela olhou então para o chão e viu manchas de esperma por tudo. Uma visão microscópica lhe dava detalhes da fauna que habitava o carpete. Todas as bactérias possíveis e imagináveis, com suas carrancas de terror, se preparavam para atacar seu corpo.

Mas logo o urso enfiou a cara entre suas pernas, procurando, na escuridão sob o vestido, o peixe semipodre — suas patas tinham estraçalhado a meia e a *lingerie*. O urso mordia o peixe, enroscando em seus dentes as escamas douradas.

Clarice, envolvida com a tevê, se arrepiava de nojo e de medo ao sentir a barba áspera arranhar a pele de suas coxas. Quando o urso retornou de seu novo mergulho, trazia do peixe apenas o odor. Ao se aproximar do rosto de Clarice, tentando limpar a sujeira de seus lábios no pano fino do vestido, ela se sentiu prestes a vomitar.

Tudo era sujeira e podridão e havia no quarto um hálito de sexo que a enojava. Fechou os olhos quando viu que era impossível deter o animal que se enganchava em seu corpo, escalando seu pescoço à procura do caminho de sua boca. Quando sentiu-se invadida por baixo, seus lábios foram penetrados por uma língua que tinha a forma, a viscosidade e o cheiro de peixe podre.

Rodrigo estava sentado na cama, olhando a mulher sob o chuveiro. Entre o quarto e o banheiro havia paredes de vidro e um jardim interno. De onde estava, acompanhava Clarice. Antes de tomar banho, ela abriu com raiva o registro de água quente, provavelmente movida pela certeza de que aquilo iria esterilizar seu corpo. Antes ainda, num olhar de desprezo, tinha avaliado a banheira de hidromassagem, mas nem chegara a se aproximar dela. Jamais entraria numa banheira em que outros corpos tivessem se amado. Esta obsessão pela limpeza tornava risíveis os comportamentos de Clarice.

Rodrigo achava graça nas manias da mulher. Olha só como consegue colocar a toca plástica sem estragar o penteado. Altaneira habitante do pântano, Clarice aprendera a manter a maior distância possível da lama. Talvez isso explicasse o fato de, apesar de ser uma mulher com boa estatura, insistir no uso de saltos altos. Rodrigo estava com bom humor.

Quando jovem, Clarice era uma menina muito próxima da vida, com seu passado de criança de fazenda, mas algumas manias inocentes, como a de fantasiar sua origem, tinham transformado a ex-menina neste pequeno monstro de sofisticações.

Teve então vontade de tomar banho com ela.

As garças são ariscas e os ursos, pesados. Ela estava de costas para o quarto, evitando com isso o marido indiscreto, com pêlos e sexo sujo. Ele foi se encaminhando com cuidado. O barulho da ducha o protegeu. Pôde abrir a porta do banheiro e correr cuidadosamente a do boxe, sem que a garça o pressentisse. Suas pernas altas lhe atiçaram novamente o desejo, embora reconhecesse que não fossem tão apetitosas como as das adolescentes que levava a motéis vulgares de Curitiba. As nádegas de Clarice tinham um volume desproporcional para a finura de suas coxas, e o pescoço era comprido demais, exigindo que ela usasse sempre blusas com golas. Tudo isso, no entanto, era nada.

Ela gritou ao ser tocada, provavelmente lembrando de alguma cena de filme de suspense. Sentiu contra sua coxa o sexo novamente duro e o seu contato viscoso. Sem pensar, começou a ensaboá-lo. Não era um gesto de carinho, apenas de higiene. Para melhor lavar o pau de Rodrigo, Clarice se vergou um pouco. O urso lhe arrancou a toca plástica e logo seu penteado estava desfeito e os dois lutavam. Em poucos segundos, não havia mais resistência: os cabelos de Clarice viraram um tufo de fios embaraçados. A água do pântano tinha encharcado as penas da garça e ela se submetera ao caçador, que a conduzia à cama.

Desta vez, sim, fizeram amor e Clarice teve alguns minutos de distração. Depois, deitaram-se olhando um para o outro, como no início do casamento. E, num tom delicado, ela perguntou:

— Será que em Peabiru tem uma boa cabeleireira?

Na manhã do outro dia, fizeram o resto da viagem ainda em silêncio. Clarice já não se interessava tanto pelos CDs, preocupada apenas em arrumar, da melhor maneira possível, o cabelo. Rodrigo ria ao observar a mulher lutando para não perder a elegância.

A única coisa que fez Clarice abandonar seu espelho de bolsa foi a entrada de Peabiru. As casas pobres, com suas fachadas de tijolos sem reboco, que se casavam perfeitamente com a cor da terra, lhe causaram um pequeno desespero. Jamais moraria nesse fim de mundo, pensou. Na verdade, era como se nunca tivesse estado ali. Peabiru se resumia, para ela, num nome vazio que estava colocado, por um equívoco qualquer, em sua carteira de identidade. Ela não reconhecia vínculos com as feições tristes das casas e das pessoas.

O carro entrou no trevo, evitando o caminho do centro da cidade e pegando uma estrada de terra. Iriam diretamente para a fazenda, deixando o negócio para segunda-feira. Se fosse outra mulher, teria colocado obstáculos a esse plano, mas aprendera a tirar toda a sua força desta agressiva passividade.

O Volvo ia deixando para trás uma nuvem vermelha de poeira. Rodrigo pensou que deveria ser bonito o pôr-do-sol na cidade, as cores da terra se misturando com as do céu. Apesar do pó que entrava pelas frestas do carro, Rodrigo ia alegre. Não queria chegar rápido e, por isso, dirigia devagar, alegando que o carro sofreria muito com os buracos da estrada.

Estradas ruins eram um fator de depreciação da fazenda. O comprador, com certeza, iria se lembrar disso na hora de fazer a proposta. Rodrigo usaria a influência política, o nome da família de Clarice ainda tinha muito poder na cidade, para solucionar este pequeno problema.

Na beira da estrada, os pés de mamona, com suas folhas murchas pelo sol, estavam cobertos de poeira. Ele se lembrava do quanto esta paisagem o impressionara na primeira visita à família de Clarice. Ainda não conhecia seus parentes e, criado em Curitiba, não tinha a menor noção do que fosse o interior do estado. Enquanto seguia num jipe contratado para levá-lo à casa do velho Francisco, fazia um curso prático de geografia. Era uma região montanhosa, com um grande número de pequenas propriedades. Havia caminhões, carroças, cavaleiros e gente a pé pelas estradas, em cuja margem as vendas pipocavam. Construídas apenas com tábuas, invariavelmente sem pintura, as edificações faziam parte da paisagem. Sentiu-se entrando em um outro tempo, onde o mundo ainda estava sendo feito.

Agora há pouca gente pelas estradas e quase nenhuma casa. Vêem-se apenas soja e pastos. A cidade tinha mudado, mas a poeira era a mesma. E ele se animou com o pó, deixando as janelas abertas. Não via a hora de sujar os sapatos e as roupas. Ao seu lado, Clarice tinha um lenço cobrindo o nariz. Ela nem parecia ter nascido ali. Seu corpo não guardava nenhum vestígio do barro original, que renascia do contato da poeira com o suor humano.

Na ponte do Rio da Várzea, Rodrigo estacionou o carro e desceu. Ganhou uma das margens, escorregando pelo barranco, e se aproximou de um velho que pescava.

— Tá dando alguma coisa?
— Não. Quase não há mais peixe aqui.

O velho tirou o anzol da água e renovou a isca. Despediram-se e logo o Volvo estava jogando para os lados as pedras soltas que encontrava pela estrada. Clarice ia quieta, como se o seu isolamento fosse uma forma de não guardar na memória nenhuma lembrança do caminho. Ela não queria reaprender aquele itinerário, era preciso mantê-lo no mais completo esquecimento. Não poderia trazer nada de sua lembrança, tudo ficaria lá, enterrado definitivamente.

Em alguns pontos, um cheiro ácido e doce de urina de gado tomava o ar, aumentando ainda mais o apetite de Rodrigo e revoltando o estômago de Clarice, em jejum desde Curitiba.

Para ele, era um prazer estar a caminho da fazenda. Para ela, martírio. Ambos seguiam mudos. Um com um par de olhos curiosos, mexendo o pescoço para todos os lados, querendo ver melhor uma montanha, um vale, um capão de mato. Outro com os olhos fixos na janela.

Rodrigo tinha acabado de ver uns porcos soltos cruzando a estrada e se lembrou do dia em que conhecera o velho Francisco, que o recebeu num quintal imenso, cheio de leitões e galinhas.

Como nenhum dos dois prestava atenção no outro, a viagem prosseguiu sem ameaça de conversa.

Era quase a hora do almoço quando o Volvo, que vinha lutando contra pedras e buracos, parou na frente da porteira da Fazenda Olho Dágua. Clarice poderia ter se recordado do tempo em que brincava nesta porteira com as crianças dos empregados, mas não sentiu nada. Ela olhou para as suas mãos e viu que estavam suadas e cobertas por uma camada fina de lama.

Embora não existisse mais plantação de café, o pátio da casa ainda era um vasto terreirão, feito de tijolo maciço, como uma piscina sem água e sem profundidade. E Rodrigo sentiu a paz que aquele pátio transmitia não por sua natureza plana e despovoada, mas pelos tijolos gastos por tantos pés e por tantos rodos que moviam o café para que ele secasse. Os tijolos estavam lisos pelo serviço de várias gerações. Se o trabalho se perdeu, algo da história humana permanecia naquele piso gasto.

O terreirão fora minado por ervas daninhas que rompiam o rejunte e gretavam de verde o vermelho dos tijolos. Rodrigo teve vontade de começar na hora a arrancar guanxumas, grama seda, tiririca e outras espécies que ele não identificou.

Clarice também permaneceu algum tempo olhando o terreirão. Mas ela o viu com outros olhos. Ficou pensando que aqueles tijolos dariam uma bela parede rústica. Eram tijolos bons, de mais de 50 anos, e ficariam muito bem em sua sala. Além disso, era necessário desmanchar o terreirão, que já não servia para nada. Apenas as galinhas e os pássaros andavam por ele. Antes de vender a fazenda daria ordens para que os tijolos fossem arrancados e lavados. O caminhão da fazenda poderia levá-los a Curitiba. Veria ainda se na casa não havia mais alguma coisa que pudesse ser resgatada, algum móvel de valor.

Rodrigo não parava de pensar no valor do trabalho para o velho Francisco. Não havia diferença entre o espaço do lazer e o do serviço. O casarão estava ligado ao terreirão e este à tulha, onde era guardado o café, e às casas dos empregados. A fazenda era uma comunidade e o seu centro, sua praça, se localizava no terreirão. Esta disposição estava perdida na cidade, onde cada um queria delimitar muito bem seu espaço. As novas fazendas têm áreas isoladas para patrões e empregados, lazer e trabalho. Na Olho Dágua não havia a piscina senhorial, todos tomavam banhos num tanque no fundo do vale. Porcos e galinhas percorriam promiscuamente o pátio. Ao invés de piquetes para separar o gado, havia apenas invernadas, onde vacas e bois viviam de forma quase selvagem. O velho Francisco jamais criara gado refinado, por isso suas pastagens eram meio primitivas.

Rodrigo percebeu que a Olho Dágua era mais do que uma propriedade agrícola, era uma forma de se relacionar com as pessoas e a memória de toda a região.

Clarice se lembrava do avô trabalhando junto com os peões naquele terreirão. Era nele que, nas noites de festa, se faziam os bailes a céu aberto, congregando os sitiantes vizinhos. Padrinho de quase todos os moradores daqueles arredores, o coronel Francisco servia também como banco, como conselheiro e como planejador. Os que sobraram pela região poderiam ser considerados da família de Clarice, mas ela não queria pensar nisso. Fixou-se na reforma que faria em sua sala, usando aqueles tijolos rústicos e na possibilidade de encontrar alguma janela imponente para compor a parede e lhe transmitir um ar mais autêntico. Ela gostava desses detalhes de decoração. E tal plano lhe deu a primeira alegria da viagem.

Um senhor de chapéu de palha, calça e camisa de algodão cru, com uma botina de elástico, veio até o casal, que estava parado na frente do terreirão, olhando a casa sem cor. Rodrigo se lembrou de um comentário do avô de Clarice. Em uma de suas visitas a Curitiba, Rodrigo o levou a um passeio pelos bairros mais bonitos da cidade, com seus jardins bem cuidados, esperando agradar o velho.

— Este colorido me entristece.

Rodrigo ficou calado.

— Na fazenda não se pinta nada, tudo tem a cara do material com que foi construído.

A mesa em que foi servido o almoço improvisado era, assim como toda a sala, escura. As louças tinham um aspecto de peça de museu. E, no entanto, Clarice sabia que aquele aparelho de jantar só era usado em ocasiões especiais. O seu avô comia apenas em prato esmaltado, geralmente com manchas negras, resultado das muitas quedas. Como os penicos também eram feitos do mesmo material, Clarice sempre viu estes pratos com nojo. Na fazenda, a distância entre o sujo e o limpo era mínima. Na cozinha, os restos de comida ficavam numa lata imunda num canto, a lata da lavagem que seria usada na alimentação dos porcos. Logo acima dela estava um jirau de alumínio, onde se penduravam panelas pretas. Sobre o fogão, uma peça de toucinho salgado coberta de fumaça e fuligem. Para cozinhar, a mulher retirava pequenos nacos, deixando à mostra a cara alva do toucinho em contraste com a capa negra.

Olhava os pratos amarelados e as xícaras cobertas de pó numa cristaleira. Por mais que tivessem sido lavados, esses pratos guardavam a sujeira de muitos anos de uso.

A cozinheira, mulher do capataz, tinha ido buscar mistura em casa e Clarice pôde ver numa bacia a carne de porco já cozida coberta por uma camada de banha. Reconheceu a carne de lata de sua infância. Em cada detalhe, ela encontrava algo que convocava um tempo até então amputado. Não queria fazer esta viagem de volta.

Um dos meninos da fazenda tinha ido ao pasto, que ficava próximo, para colher serralha. Na volta, trazia também uma boa quantidade de tomatinhos azedos. Em menina, Clarice adorava esta espécie de tomate, chamada de cagão, que, ao ser apertado, expulsa suas sementinhas no meio de um líquido ácido. O tomate e a serralha nasciam no meio do pasto, fertilizados pelas fezes e pela urina do gado.

Enquanto Clarice ficara a observar o movimento da casa, o fogão a lenha aceso, as panelas pretas sobre a chapa, a gamela de madeira na mesa, Rodrigo permanecera sentado num banco na varanda da frente. Sentira vontade de fumar, embora nunca tivesse fumado.

O almoço chegou num arremedo de ritual. Como não havia toalha, a cozinheira valera-se de um lençol branco, que cobria a mesa e descia por suas laterais. Embora o arroz, um arroz diferente, totalmente empapado, por causa da panela de ferro e do fogão a lenha, e as saladas de tomate e serralha viessem em amareladas travessas de porcelana, a carne de porco apareceu na própria panela em que foi esquentada. Vinha nadando na banha, escura e assustadora, como cadáver em pia com formol. Também não foram colocados na mesa garfos e facas, apenas colheres de sopa.

Rodrigo se entregou com prazer e gula ao banquete, segurando os pedaços de carne com a mão. Logo, seus lábios estavam gordurosos e pequenos fios de banha escorriam por seu queixo. Clarice não conseguiu nem olhar para a comida e, diante da insistência ingênua da cozinheira, alegou falta de apetite. Estava sim era com sede. No mesmo instante, a mulher foi à cozinha e trouxe uma caneca de lata com água. Clarice segurou a alça da caneca com nojo e a levou aos lábios, sentindo a frieza do aço enferrujado e o gosto de barro da água. Lembrou-se então do escuro poço da fazenda onde morava um cágado que se alimentava do lodo. Será que ele ainda estaria lá? Quantos anos vive um cágado? Teve a certeza de que os cágados são eternos. E isso arruinou ainda mais seu estômago. Que respondeu rapidamente. Estava preparado para tratar daquela forma tudo que lhe visitasse. Assim que o primeiro gole bateu em suas paredes vazias, ele deu o sinal de alerta e Clarice levantou-se da mesa, seguindo numa carreira para o pátio, em busca de ar puro.

Mas o que encontrou foi o cheiro de urina e fezes das vacas, levado à casa por súbita rajada de vento.

A mala ficara aberta sobre a cama de casal. Tudo era fino demais para aquele ambiente. Clarice, por fim, encontrou um moletom. Pretendia tomar banho, mas quando viu o chuveiro arcaico, chamado tiradentes (um balde com uma boca que fazia as vezes de ducha, suspenso por uma carretilha), teve receio. O chão era de cimento bruto e nele ficava um bacião de fundo de madeira, para quem não quisesse se aventurar no uso daquela engenhoca. Rodrigo tinha levado ao banheiro um balde de água fria e minutos depois saíra com o cabelo molhado e com uma feição mais jovem. Era o urso de sempre, só que agora mais próximo de seu hábitat, feliz como a criança que vai acampar pela primeira vez e que põe em prática seus rudimentos de auto-suficiência, acendendo o fogo, preparando a própria cama, cozinhando algo improvisado na fogueira milenar. Mas Clarice não conseguia se entusiasmar com nada. Vestiu o moletom sem tomar banho. No outro dia iria embora nem que tivesse que voltar sozinha. A noite naquele fim de mundo seria a sua última concessão aos caprichos escoteiros do marido. Estava chegando o momento em que, abandonada toda possibilidade de resistência pelo silêncio, ela teria que se exaltar, fazendo valer seu desejo contra o urso entregue ao chamado selvagem.

O seu casamento estava no fim. Iam muito mais do que vender a fazenda. Na verdade, este era o primeiro passo para a separação definitiva dos bens e para o reinício de uma vida independente. Não podia mais viver com Rodrigo depois de vê-lo reassumindo os hábitos grosseiros de seus antepassados. Era um primitivo.

Vestido com uma camisa branca e uma calça jeans, ele tentava calçar um par de botas que tinha trazido no porta-malas do carro. No começo, seria difícil andar com esses calçados, totalmente desconhecidos para pés que sempre tiveram o conforto de sapatos leves. O esforço de adaptação, no entanto, mostraria até onde era possível viver no mundo do avô de sua mulher. Embora não tivesse nunca tido uma convivência mais íntima com o velho, Rodrigo, dentro da família de Clarice, acabou sendo o protegido do coronel. Era o único a quem ele visitava, honraria máxima para um homem que sempre achou que filhos e demais parentes é que deviam procurar os mais velhos. Mas, de tempos em tempos, quebrava a sua lei e passava um par de dias na casa da neta, geralmente alegando a necessidade de um negócio. Foi para Rodrigo que ficou a fazenda, embora os demais herdeiros tivessem recebido em dinheiro ou em imóveis a mesma quantia. Ao deixar-lhe a fazenda onde passara 50 anos, mostrava sua preferência.

Rodrigo batia as botas contra o assoalho, buscando um conforto que não viria de imediato. Só depois de muito uso a bota ganha o contorno de nossos pés. Mancando um pouco, ele tomou o rumo da varanda. Clarice já tinha saído e o esperava no terreirão. Ao norte, depois de uma cerca de arame farpado, enxergou o estábulo. Tinham pedido dois cavalos mansos para uma volta pela fazenda. Clarice aceitara o passeio simplesmente para não ter que ficar na casa. O pretexto? Fazer uma vistoria nas terras. Mas Rodrigo queria mesmo era sentir-se fazendeiro.

Ao passar pelos fios da cerca, o escoteiro se enroscou no arame, rasgando a calça e ganhando um arranhão na perna. Este pequeno estrago dava um toque de autenticidade à sua fantasia.

Subir e descer morros, passar por porteiras, olhar o gado, tudo isso encantava Rodrigo. O campo tinha um verde diferente, era como uma paisagem impressionista, que decompunha a nitidez de tudo. Longe, uma vaca podia ser uma árvore, um barranco, uma pedra — o ponto colorido não passava de um borrão escuro no verde. Não havia casas e esta solidão ajudava a melhorar o comportamento do casal que seguia apenas vigiado por um ou outro bicho. No trote macio dos cavalos, eles iam esfregando as pernas em pequenos arbustos e sentindo o cheiro do mato, da grama pisada.

Numa certa altura, Rodrigo desceu da montaria e pegou um talo de capim, levando-o à boca. Olhar fixo no horizonte, abriu a calça e mijou, libertando forte odor, num misto de cheiro de terra molhada e de doçura ácida. Logo viu que Clarice também tinha descido e, meio embaraçada, se escondera atrás de uma moita de capim pouco espessa. Com as calças na mão, precariamente agachada, ela também mijava. Rodrigo sorriu ao ouvir o som da urina escavando a terra — pequena vaca numa cena rural.

De novo sobre os cavalos, voltaram a vistoriar a fazenda. Clarice seguia envergonhada de ter se portado como uma índia qualquer, nesta promiscuidade com gramas e mosquitos. Apesar disso, estava mais branda.

— Rodrigo, acho que devemos voltar antes que fique tarde.

— Veja ali, saindo daquela moita, acho que é uma lebre. Levantado na sela, ele olhava o animal em fuga.

— Logo vai escurecer e tenho medo.

— Se eu tivesse uma espingarda.

— À noite, não encontraremos o caminho de volta.

— Na próxima vez, me lembre de trazer uma espingarda e um facão.

— E eu estou com fome.

— A gente nunca sabe que bicho vai encontrar pela frente.

Neste instante, os dois cavalos se aproximaram e Clarice se encostou como pôde no marido. Teve vontade de seguir na garupa. Era uma necessidade nova, essa de ser vulgar, de ser uma moça da roça, agarrada em seu peão.

Um dia depois do noivado, tinham ido andar de charrete. Perto de um riacho, pararam. O rio era todo lajeado e eles se sentaram na pedra, olhando a água corrente. Em pouco tempo estavam rolando nas pedras. O cheiro de cavalo e de capim havia lhe trazido à memória esse tempo distante, quando despir o amado era ainda aventura de descobrimento e percorrer seu corpo peludo com a língua lhe transmitia a impressão de estar desbravando territórios.

Foi tirada de seus pensamentos pelo grito do marido que punha o cavalo a correr. Ele se atirava atrás de uma vaca, como num filme publicitário de Marlboro. Clarice parou seu cavalo e ficou olhando aquele homem totalmente desconhecido.

Escureceu rápido, de uma escuridão sem lua e estrelas. Achar o caminho de volta era impossível, embora continuassem a jornada, sem coragem de parar. Os cavalos iam mais ou menos soltos, seguindo ao acaso. Um ou outro vaga-lume trincava a escuridão, com o seu minúsculo psiu de luz. Os sons que vinham de todos os cantos mais encantavam do que assustavam. Perdidos na escuridão, percorriam um território desabitado. Tudo que Clarice queria era o conforto do quarto da fazenda. Assim que chegassem, tomaria um longo banho no bacião e, depois de comer alguma coisa, a cozinheira devia agora estar preparada, dormiria sem nenhum receio na cama que fora de seu avô. Uma cama feita para noites de amor, para o peso daquele corpo desmedido. Ela deixaria seu corpo mínimo sobre o colchão de palha. A palha já devia ter sido renovada pela empregada, pois a vira mexendo com milho na tulha. Clarice conquistaria uma noite de descanso depois de um dia em que tinha percorrido grandes distâncias, não só a existente entre a capital e a fazenda, mas principalmente a que a separava de sua infância. Precisava descansar, a viagem fora difícil e agora não havia outro remédio além de recompor as energias para voltar sobre o mesmo rastro, de preferência apagando-o.

Alguns galhos lhe roçavam levemente o rosto e não havia como prevê-los, eram braços da noite, tocando-a num gesto de áspero carinho. Ela já não gritava, como no começo, numa familiaridade estranha com a noite. Rodrigo seguia na frente e anunciava um ou outro galho, mas isso não servia para nada, eles invariavelmente a surpreendiam.

Nem o receio de ter que passar a noite no mato tirava o interesse novo pela viagem na escuridão. Os cavalos não se sobressaltavam, seguindo certos para algum lugar. Eles sabiam trilhar o caminho de volta. O destino seguia naquelas patas e não havia nada a fazer, a não ser ouvir os sons.

Dentro do negro da noite, Rodrigo percebeu uma silhueta mais negra. Tinha a forma de uma casa. Não havia luz nenhuma. Nem barulho de cães ou de outros bichos. Só podia ser uma moradia abandonada, que pertencera a algum empregado, no tempo em que se precisava de mais mão-de-obra. Era comum encontrar essas casas, perdidas como fantasmas, ao longo da estrada. Os quintais haviam desaparecido, pois a soja invadia tudo, sendo cultivada até na divisa com as paredes. No começo, não entendia o motivo de se deixar ainda em pé a construção que atrapalhava o cultivo da terra, depois pensou que talvez servisse para depósito e para abrigo dos trabalhadores em dias de chuva. Permanecia como um posto avançado ou como marco de um outro tempo.

Agora era uma casa fantasma que lhe valeria. Chegou bem perto do que supôs ser a varanda, desceu do cavalo, amarrando-o a uma travessa que cercava o puxado. Clarice também apeou e juntos tomaram o rumo da porta.

— Ô, de casa.

Por precaução, Rodrigo repetiu algumas vezes o chamado. Mas ninguém atendeu. Quando a tábua da varanda rangeu com o peso dos dois, Clarice apertou-se contra o corpo de Rodrigo, que se excitou com o toque de mamilos arrepiados pela brisa da noite ou pelo medo. Em vez de procurar na porta o trinco, conduziu a mão por dentro da blusa de Clarice.

Uma velha lamparina já estava acesa, iluminando os cômodos com precárias mobílias, com certeza usadas pelos peões quando havia necessidade de ficar alguns dias nestes lados da fazenda, cuidando do gado ou fazendo outro serviço mais demorado, como consertar as cercas ou roçar o pasto. Um banco de madeira era o único móvel da sala, cujas paredes exibiam pregos com penduricalhos. No quarto, a cama tosca tinha um colchão feito provavelmente de saco de estopa, sobre o qual se estendia, pesada, uma capa imunda que devia ser o paraíso de pulgas e carrapatos. Era ali que passariam a noite. Rodrigo encontrou açúcar numa prateleira da cozinha, mas onde a água para preparar alguma bebida? Mesmo sem nenhuma aplicação imediata, apenas para se distrair, ficou reaprendendo a acender o fogo.

O vento, lá fora, tinha trazido algumas nuvens e os primeiros relâmpagos cravavam na noite suas facas luminosas, percebidas pelas frestas das tábuas. Clarice estava no banco, encolhida. Tinha fome e agora começava a sentir frio, o desconforto extremo fazia com que até aquele banco duro e o abrigo rude lhe dessem uma sensação de bem-estar. Vendo que a chuva era uma questão de pouco tempo, o escoteiro foi dar uma volta em torno da casa. Ele se movia após os relâmpagos, procurando alguma coisa plantada. Depois de uns três relâmpagos, que iluminavam rapidamente tudo, encontrou uma moita de capim. Com os dedos, que percorreram folhas ásperas, arranhando-se nelas, descobriu que era cidreira. Ao colher as folhas, a fragrância cítrica da planta tomou conta do ar, trazendo-lhe ao corpo cansado um transe de comoção. Aquele era um cheiro de infância, dos chás que sua mãe preparava. O cheiro deu a todo aquele episódio, a princípio desagradável, um caráter familiar. Surpreendia-se no centro de alguma coisa muito íntima. Só depois de alguns rápidos e eternos segundos parado diante da moita de cidreira, depois de ter consigo um punhado de folhas, ele ganhou o rumo da casa, indo direto à cozinha, atrás de uma vasilha. Encontrou uma panela na parede, pendurada num prego por um barbante pegajoso. Quando a colocou no chão, do lado de fora da casa, já tinham começado a cair as primeiras gotas de chuva, provocando uma cantoria ardida ao tocar o alumínio. As gotas aumentaram de uma vez, lavando a noite empoeirada. Em poucos minutos, a panela estava cheia e eles podiam fazer chá. Rodrigo, que ficara o tempo todo na varanda, assistindo à chuva, levou a panela para o fogão. Ao colocar o capim-cidreira, espalhou-se um cheiro de limão pela casa e Clarice seguiu para a cozinha. Até então tinha ficado o tempo todo perdida em uma região distante. Beberam o chá no único caneco e ficaram olhando para o fogo. Mais próximo dele estava Rodrigo, que buscava enxugar o corpo. A chuva deixava um rasto pelo assoalho da casa, em goteiras que minavam tudo, obrigando-os a mudar de lugar. Ao ver o rosto iluminado de Clarice, ele não resistiu ao seu encanto de madeira ardente que logo será cinza. Esta consciência de que estavam se queimando rapidamente, sem aproveitar os momentos finais, lhe transmitia um novo ânimo. Na parede da cozinha, a sombra de Clarice era a de uma mulher calma. O barulho da chuva servia como fundo musical, os trovões urravam sem pressa, e Rodrigo não conseguia deixar de olhar para sua mulher.

Quando havia apenas cinzas no fogão, foram ao quarto, iluminados pela luz dançante da lamparina, e se sentaram na cama acostumada com a solidão dos peões. Tiraram as roupas, pendurando-as nos pregos atrás da porta. E, assistindo às suas silhuetas na parede (a lamparina ficara no chão), eles se amaram, concorrendo com o estardalhaço da água nas telhas de barro.

Os cavalos lá fora relinchavam com medo dos trovões e, em algum momento, cresceu o barulho fugitivo de um galope, que não foi percebido por nenhum dos dois.

Depois, deitado com os olhos fixos nas telhas e nas vigas sujas, Rodrigo sentiu uma segurança que nunca tinha sentido em outro momento de sua vida. O vento balançava as paredes precárias, a chuva abria passagem por entre as telhas, fazendo com que gotas finíssimas os molhassem, mas isso só aumentava a alegria de Rodrigo, que experimentava um confronto mais íntimo com a natureza. Era o homem contra o mundo natural, sem nenhuma ilusão de poder e permanência. Só podia contar com seu corpo e com aquele instante frágil. Sentia-se feliz, tinham conseguido se colocar a salvo da chuva. Estavam acomodados numa cama que, se cheirava mal, não era diferente do suor que tomava conta de seus corpos. A natureza ficara mais próxima deles e isso tornava tudo bonito.

Rodrigo permaneceu olhando as telhas gotejantes enquanto suas vistas iam se embaçando.

O velho Francisco prepara o noivado da neta na fazenda. Uma fazenda que Rodrigo ainda não conhecia. Na casa de Clarice não se falava sobre este parente, que era respeitado por todos. Se não se vivia em Curitiba com luxo, o pai de Clarice era funcionário público, também não se passava por nenhum apuro. Rodrigo era um engenheiro recém-formado, com o desejo de se estabelecer. Os noivos estavam no mesmo nível social, embora a mãe de Clarice tivesse um ar de superioridade que o desagradava.

A festa de noivado em Peabiru era uma exigência do velho, mas isso ele só soube depois. Sozinhos, eles foram para a fazenda, onde o avô os aguardava. Clarice não escondia o entusiasmo por ser a primeira viagem com o namorado.

Da rodoviária de Peabiru, depois de várias horas por estradas horríveis, até a fazenda, Rodrigo foi se familiarizando com a paisagem da terra vermelha. Alguns bois, conduzidos por um peão, atravancavam o caminho, atrasando a viagem, mas isso não incomodava Rodrigo, que assim podia ver mais de perto a região. O motorista, em um ou outro momento, parava o carro para conversar com alguém que estava indo pela estrada. Era uma cidade de fortes laços familiares, no auge de seu crescimento.

Na entrada da fazenda, o motorista não seguiu para a sede. Clarice podia ter protestado, mas recebera o recado da mãe, não deveria falar sobre a riqueza do avô, nem estranhar qualquer procedimento que ele tomasse. O velho já tinha nela a neta preferida e queria evitar que se casasse com um aventureiro. O jipe seguiu para um dos cantos da fazenda, onde ficava uma casa velha.

Francisco os recebeu no terreiro, estava com uma roupa desbotada e com botinas velhas — numa delas, no lugar do dedão, havia um corte no couro, para não incomodar algum calo zangado. Foi essa a imagem que ficou para sempre na memória de Rodrigo, um velho maltrapilho, sorrindo no meio do quintal, ladeado por porcos e galinhas. Ele os recebeu com muita alegria, sem nenhum constrangimento. Levou-os direto para a casa. Na cozinha de chão batido, numa mesa de pés fincados na terra, eles almoçaram com o velho. Uma comida de sabor diferente. Rodrigo comeu tudo e Clarice, quando viu que o namorado tinha se familiarizado rapidamente, também pôde ficar mais à vontade. Depois do almoço, foram andar pelas redondezas, Francisco mostrando com minúcias todas as coisas da terra. Não passaram sem comentário um bezerro recém-nascido, a doença das galinhas, os pássaros que tinham seus ninhos nas árvores do quintal. O velho insistia: embora dono de uma propriedade pobre, levava vida farta. Rodrigo vinha de uma família de imigrantes, não estranhava nada daquele mundo, que, no entanto, era novo para ele. Os mosquitos começaram a incomodar, mas ele não reclamou, ouvia com atenção as explicações do velho.

De volta à casa, passaram por um descampado, onde estava sendo armada a tenda para a festa. Alguns paus velhos tinham sido fincados no chão e havia uma cobertura feita com bambu. Sobre o trançado de bambus, os peões estavam colocando uma lona, amarrada aos paus. Nas laterais da tenda, mesas e bancos improvisados, feitos com tábuas brutas. O almoço seria no outro dia e os preparativos já estavam adiantados. Ao lado da armação, uma valeta comprida tinha sido aberta. Era ali que assariam a carne, em espetos de vara verde, já cortados e amontoados num canto. Uma menina limpava-os das cascas.

Francisco deixava os serviços por conta das mulheres e dos homens, tão acostumados a organizar estas festas. Era finzinho de tarde, os porcos e as galinhas já estavam sendo temperados para o dia seguinte; e o boi, descarnado. O sítio tinha o aspecto de acampamento em fase de instalação. A maioria dos ajudantes passaria a noite nos preparativos, assando os miúdos do boi e dos porcos, bebendo cachaça e conversando ao redor do fogo.

Recolhidos à casa, Rodrigo e Clarice jantaram carne de porco frita, feijão com farinha e couve. Antes, tinham tomado pinga, mas durante a refeição beberam apenas água. A comida foi servida na mesa maior da cozinha, enquanto a lamparina, colocada numa prateleira, atraía os insetos da noite.

Francisco comia com colher, segurando-a como se fosse uma espada. Clarice olhou para Rodrigo, sorrindo um pouco. O namorado também sorriu e comeu sem nenhum receio.

Depois do jantar, o velho foi fumar na varanda, Clarice se trancou no quarto e Rodrigo saiu para conversar com os homens e as mulheres que estavam preparando a festa de seu noivado. Sentiu-se na obrigação de ajudá-los, pois ninguém estava ali por dinheiro, faziam tudo por camaradagem e pela festa. Naquele fim de mundo, um noivado era algo para movimentar toda a população. Logo estava cortando carne com as mulheres, numa mesa construída ao lado da fogueira. Alguém começou a tocar sanfona, animando a noite. Quando Francisco fez a ronda antes de dormir, encontrou Rodrigo em volta do fogo, curvado sobre um espeto, tirando um pedaço de coração de boi.

O velho foi então dormir na cama dura e pobre que havia improvisado naquela casa que pertencia a um de seus empregados.

Parara de chover. Apenas a umidade das telhas produzia uma ou outra gota de água que cantava ao tocar a terra encharcada ou uma lata velha do quintal. Esta música era ampliada pelo silêncio da noite. Rodrigo tinha dormido um pouco, mas estava de novo acordado, pensando nas preocupações do velho Francisco. Ao se misturar com a gente pobre da fazenda, conquistou a simpatia do fazendeiro. O seu noivado tinha sido com a terra, com uma forma de vida, e agora ele estava ali para se divorciar. No lugar das pastagens, um novo proprietário plantaria soja, transformando a antiga tulha de café em barracão de tratores.

Não tinha sido um companheiro fiel para aquelas terras, só lhe restava pôr um fim em seu relacionamento. Dormiu com um gosto amargo na boca, provavelmente por não ter escovado os dentes.

Todos os ex-moradores da região estavam no pátio da fazenda. Empunhando foices, espingardas e facões, os colonos gritavam palavras que ele tinha dificuldade de entender. Ouvia apenas o barulho de ondas quebrando em pedras. Estava protegido no interior da casa, embora as portas e as janelas começassem a receber murros. Eram os sem-terra. Quantas vezes não analisara a possibilidade de ter a fazenda invadida? Seria um incômodo, mesmo sabendo que tinha como resolver a situação com rapidez. O que nunca imaginara é que poderia estar na fazenda na hora da invasão, o que acrescentava um risco muito maior, sem controle. Os ex-colonos, percebeu pelas palavras avulsas que recolhia, queriam apenas voltar a trabalhar na Olho Dágua, e não a posse das terras. O burburinho era grande, mas havia algo de familiar na revolta. Não se ouviam tiros nem o barulho de pedras contra as paredes. As trancas das portas e janelas eram fracas e podiam ser arrebentadas facilmente. No entanto, ninguém as forçava. Queriam apenas impedir o proprietário de vender a fazenda. Percebendo isso, Rodrigo abriu uma das janelas para convencer o povo de que a vida agrícola era hoje impossível, estavam sonhando com um retorno às raízes e todo o regresso é frustrante. Tivera sempre o desejo de convencer multidões e aquela era a oportunidade. Ali estavam os antigos empregados de Francisco, ou os filhos deles, querendo voltar para um ventre que secara. Da janela, fez um sinal para que se acalmassem, mas isso só aconteceu depois que um deles, mais próximo da casa, deu um tiro para o ar, anunciando que o doutor ia falar. E o doutor começou justificando a necessidade de se desfazer da terra, ele nunca fora fazendeiro, não saberia administrá-la e mesmo vocês, Rodrigo se dirigia aos ouvintes, mesmo vocês já não são mais aqueles que um dia trabalharam aqui. Vocês foram para a cidade, acostumaram-se com o conforto que a vida no campo não pode dar. É apenas por nostalgia que querem retornar para esta fazenda. Vocês são sem-terra não por não possuírem um pedaço de chão, mas simplesmente por terem perdido o lugar em que passaram a infância. E se é assim, então todos nós somos sem-terra. Vivemos sempre tentando voltar a um local desaparecido. Vejam que vocês estão sendo usados. Ao retornar, não se encontrarão. Está na hora de abandonar as terras, de acabar com este desejo de recuperar raízes que já apodreceram. Sou um homem justo, lembro-me de como fizeram a festa de meu noivado, por isso venderei as terras e a metade do dinheiro será dividida entre vocês. Rodrigo esperava aplausos, mas o mesmo colono que havia dado o tiro para o ar, pedindo atenção, ergueu a espingarda e disse para os companheiros que o doutor tava falando difícil, era melhor invadir logo a casa. Rodrigo tentou correr para um dos quartos, mas a pequena multidão ganhou o interior da sala, quebrando portas e janelas e em poucos minutos estavam por tudo. Caído no chão, Rodrigo era pisado, embora o peso dos invasores não fosse grande. Era como se um exército andasse sobre ele.

Acordou com esta sensação. E foi com susto que se sentou na cama ao perceber que insetos andavam por seu corpo. Clarice também se levantou, gritando que as formigas tinham tomado o quarto. Elas não mordiam, mas a sensação era horrível. Os cabelos de Rodrigo estavam empastados por causa da correição. Eles se levantaram tentando limpar o corpo e acenderam a lamparina. O chão era só formiga. Tinham que sair dali. Rodrigo pegou apenas a capa e, descalços, foram para a varanda, onde puderam limpar melhor o corpo. Em frente à casa, a claridade nascente da madrugada deixava ver um barracão aberto, só com o assoalho de madeira e a cobertura. Com esforço, escorregando na lama ao subir um barranco, conseguiram chegar ao barracão. Expostos à brisa fresca, eles se despiram para tirar as últimas formigas e, depois de bater a roupa, vestiram-se de novo. Rodrigo sentou-se nas tábuas e Clarice se deitou em seu colo, cobrindo o corpo com a capa pestilenta. Da noite recém-lavada, no entanto, vinham um ar limpo e um cheiro doce de mato, que fizeram Clarice adormecer logo. Não havia reclamado da situação, estava também lavada, de uma limpeza que a gente só conhece por dentro.

A manhã nasceu com o som de galos longínquos e de pardais tagarelas. Rodrigo tinha descido até a casa e voltava com os sapatos e com água, encontrada numa mina ao lado da porta da cozinha. Primeiro lavaram o rosto e depois os pés. Já calçados, sem trocar nenhuma palavra, súbito descobriram que falar era algo desnecessário.

Apontando a casa onde tinham se protegido da chuva, ela perguntou se Rodrigo reconhecia o lugar.
— Não.
— Foi nesta casa que ficamos noivos.
— Então, estamos mesmo no centro de algo.
— O meu avô tinha medo de você ter se interessado mais pela minha herança.
— Hoje, posso dizer que não estava. Não consegui ser o herdeiro dele.
— Ele era um homem difícil.
— Você se lembra do caminho para a sede da fazenda?
— Com algum esforço, eu acho.
O sol estava queimando no horizonte o seu fogo de sempre. As trilhas de terra molhada iam colocando uma sola de barro grudento nos sapatos — sinal de terra fértil, pensou Rodrigo. Quanto mais andavam, mais altos ficavam. E era difícil se equilibrar em carreadores enlameados. Tiveram que tirar os calçados e seguir com os pés no chão. Quando Clarice tocou pela primeira vez a terra fria, estremeceu. Ela tinha que amassar aquele barro. No trilho feito pelo gado, ficariam as marcas de seus pés. Aquela era a terra de sua infância. Logo estava estabelecida uma intimidade. Em alguns lugares mais moles, o pé atolava fundo e dava trabalho para desprendê-lo. Se ela se desequilibrava, segurava no marido, como a menina que foi, rindo com os pequenos atrapalhos da caminhada sem pressa. Numa das vezes, não conseguiu alcançar a mão de Rodrigo e caiu na lama. Pediu ajuda, mas ao invés de tentar se levantar, puxou o marido com toda a força. E os dois rolaram no barro, numa falsa luta.

Depois de não haver mais nenhuma região limpa no corpo, eles voltaram a andar, cansados e satisfeitos. Clarice se recordou então da foto que mais a envergonhara na vida. Já estava casada e, numa das visitas do avô, ele lhe trouxera o retrato: agachada junto com as crianças seminuas da fazenda, ela imitava os porcos, que comiam pedaços de abóbora no quintal. Aparecia ao lado dos animais, suja como eles. Depois de ter se esforçado tanto para esquecer aquela cena, estava revivendo-a.

Mostrando a pastagem tomada de mato, Rodrigo falou que precisavam roçá-la. Talvez ainda encontrassem alguns peões na região.

— As terras estão todas mecanizadas, não será difícil arranjar gente para recuperar a fazenda.

No primeiro córrego que cortava o caminho, eles se lavaram com roupa e tudo. A lama que escorria, tingindo as águas, era uma tinta da qual se livravam com facilidade. Rodrigo olhou o rosto úmido de Clarice, banhado por aquela luz nova, e percebeu que os cabelos dela tinham crescido um pouco, deixando ver algumas raízes brancas.

Nunca antes tinha estado tão bonita.

"De mim mesmo sou hóspede secreto."

Carlos Drummond de Andrade

PAPEL

CHAMOIS·FINE
alcalino

Este livro foi composto na tipologia Arrus, em corpo 10,5/16, e impresso em papel Chamois Fine 80g/m² no Sistema Cameron da Divisão Gráfica da Distribuidora Record.

Seja um Leitor Preferencial Record
e receba informações sobre nossos lançamentos.
Escreva para
**RP Record
Caixa Postal 23.052
Rio de Janeiro, RJ – CEP 20922-970**
dando seu nome e endereço
e tenha acesso a nossas ofertas especiais.

Válido somente no Brasil.

Ou visite a nossa *home page*:
http://www.record.com.br